Summer Girls

© franzhamm.de

Martina Sahler studierte Germanistik und Anglistik in Köln und arbeitete viele Jahre als Lektorin für verschiedene Verlage, bevor sie herausfand, dass ihr das Ausdenken und Schreiben von Geschichten noch viel mehr Spaß macht als das Bearbeiten von Manuskripten. Seit vielen Jahren veröffentlicht sie Jugendbücher und Romane. Mit ihrer Familie und zwei Katzen lebt sie im Bergischen Land. Mehr über sie unter www.martinasahler.de

© Jens Kortus

Heiko Wolz, Jahrgang 1977, war Buchhändler und Mitarbeiter in einem Wohnheim für Menschen mit geistiger Behinderung, bis seine Frau und die vier Kinder ihn zum Hausmann erklärten. Seine skurril-witzigen Romane und Erzählungen schreibt er nun zwischen Herd und Puppenhaus, Bügelbrett und Ritterburg. Heiko Wolz lebt mit seiner Familie, zu der auch ein Weißer Schweizer Schäferhund sowie eine Katze unbestimmter Herkunft gehören, in Unterfranken auf dem Land.

Martina Sahler & Heiko Wolz

Summer Girls

Matilda und die Sommersonneninsel

CARLSEN

Summer Girls

Band 1: Matilda und die Sommersonneninsel
Band 2: Emmy und die perfekte Welle
Band 3: Merit und das Glück im Sommerwind

FSC
www.fsc.org
MIX
Papier aus verantwortungsvollen Quellen
FSC® C083411

Wir produzieren nachhaltig

- Klimaneutrales Produkt
- Papiere aus nachhaltigen und kontrollierten Quellen
- Hergestellt in Europa

Veröffentlicht im Carlsen Verlag
Juni 2022

Umschlag: Chris Campe, unter Verwendung
eines Fotos von fotolia © Photocreo Bednarek
Umschlaggestaltung: formlabor
ISBN 978-3-551-32064-3

Hallo, Sommer!

„Hey, das wird ein Supersommer!“
Josy fiel Matilda um den Hals. Matilda streckte die Arme von sich. In der linken Hand flatterten ausgefüllte Anmeldebögen für die Surfkurse im *Sunny Beach*, in der rechten hielt sie drei leere Cola-Flaschen, die nun klimpernd gegeneinanderschlugen.
Einige der Gäste auf dem mit Lampions und Fackeln geschmückten Bossenhof sahen zu den beiden herüber und lächelten.
„Zieh nicht so ein Gesicht und sei mal happy, Matilda!“ Josy packte sie an den Schultern und schüttelte sie. Die Flaschen klirrten lauter.
Matilda grinste. Wenn Josy sich freute, erfuhr das in der nächsten Sekunde die ganze Welt. Ob die Welt das wollte oder nicht. Trotzdem trat Matilda einen Schritt aus der Gefahrenzone, bevor noch etwas zu Bruch ging.

„Sechs Wochen Ferien, das Wetter soll supergut bleiben! Und das Beste: Wir haben dieses Jahr die coolsten Gäste *ever* auf der Insel!“ Josy sah mit blitzenden Augen zu dem Tisch, von dem sie aufgesprungen war, um sich Matilda in den Weg zu werfen.
„Sehe ich auch so.“ Matilda hob die Arme, bevor Josy die nächste Knuddelattacke starten konnte. „Aber um alle Neuen kennenzulernen, brauche ich noch ein paar Tage. Bis dahin bin ich hier voll verplant.“ Sie ließ die Flaschen klackern und wedelte mit dem Papier in der anderen Hand. „Die Surfkurse sind diese Saison fast komplett ausgebucht. Der Wahnsinn. Deine Jungs wollten sich allerdings nicht anmelden.“ Sie nickte zu Josys Tisch hinüber.
„Die sind ja auch keine Wassersportler“, sagte Josy, als hätte Matilda das mit einem Blick erkennen müssen. „Das sind englische Fußballer. Wir haben uns gerade kennengelernt. Ganz zufällig. Die brauchen nur einen Sportplatz.“
„Ganz zufällig, nee, is’ klar. Und dich brauchen sie als Inselführerin, oder wie?“ Matilda grinste wieder.
Josy legte den Kopf schräg. „Kann schon sein. Einer ist dabei, der ist wirklich süß.“
„Den schaue ich mir später an“, versprach Matilda. „Ich muss jetzt weitermachen.“
Die Leute um sie herum hatten sich zwischen den Festbänken

und der Bar versammelt, tanzten im chilligen Rhythmus der Musik und versprühten Urlaubslaune.

Tja. Sommer, Sonne, Inselleben. Klang nach jeder Menge Spaß.

War es aber nicht. Zumindest nicht immer. Und nicht für jeden. Die anderen machten hier Urlaub. Matilda und ihre Freundinnen wohnten hier.

Josy flitzte schon wieder zurück zu ihrem Platz. „Setz dich später noch zu uns, okay?“, rief sie über die Schulter.

„Eher nicht. Ich mache hier wahrscheinlich als Letzte das Licht aus. Lass uns morgen schreiben, um was auszumachen. Dann bequatschen wir alles.“

Josy hob den Daumen. „Ich bin bis halb sieben beim Strandkorbverleih eingeteilt. Aber danach geht's.“ Sie quetschte sich zwischen zwei Fußballer, die sie mit großem Hallo begrüßten und sich hinter ihrem Rücken knufften und boxten, um so dicht wie möglich neben ihr sitzen zu können. Kein Wunder. Josy war eine echte Inselschönheit: groß, schlank und mit schwarzen Haaren, die sie an den Seiten ziemlich kurz und oben auf dem Kopf lang trug. Extrem cool.

Zahlreiche Hotels boten an den Sonntagen im Juli und August Begrüßungscocktails und Lounge-Musik an, allen voran das gigantische *Seaside* – aber *die* angesagte Willkommensparty stieg auf dem Bossenhof. Immer.

Viele Urlauber kamen Jahr für Jahr wieder. Manche der Stammgäste nickten Matilda zu, als sie in Richtung des reetgedeckten Haupthauses eilte. Dort befand sich das Büro des Bossenhofs.

Rechts und links rahmten zwei Anbauten den Hof ein. An normalen Tagen füllten die metallenen Kunstwerke den Innenhof, die Tante Maike mit einem Schweißgerät aus Schrott fabrizierte. Heute wies nur ein Tier mit Teelichtern in Gurkengläsern als Augen auf das Atelier in der Scheune hin. War das ein Seehund? Oder ein Wal? Tante Maike nahm sich als Künstlerin da alle Freiheiten. Manche ihrer Werke verstand nur sie selbst.

Normalerweise hielt Hofhund Sleeper vor der Scheune Wache. Bei den Partys verkrümelte er sich aber immer in eine ruhige Ecke, wo ihn niemand beim Dösen störte. Von wegen Wachhund.

Vom Meer her wehte eine salzige Brise über den Hof. Das Rauschen der Brandung mischte sich mit den entspannten Beats aus den Boxen.

Matilda blieb stehen und lauschte für einen Moment auf das ewige Rollen des Meeres an den Strand. Das war *ihre* Begleitmusik.

Ein Leben ohne das Rauschen der See? Niemals.

Sie beeilte sich, die Flaschen an der Bar abzuliefern. Dazu musste sie sich an den top gestylten Girlies vor der Theke vorbeizwängen. Matildas Cousin Jan, der Getränkedienst schob, zog die Mädels an wie ein toter Fisch die Möwen.

Mit den halblangen blonden Haaren und den azurblauen Augen sah Jan aber auch umwerfend gut aus. Er war groß, durchtrainiert und mit seinen 17 Jahren ein echter Surferboy. Seit einigen Wochen ließ er sich einen Vollbart wachsen. Der wirkte zwar noch etwas mickerig, trug aber absolut zu seiner Attraktivität bei.

Dass er nicht der hellste Leuchtturm an der Küste war – na und? Die Feriengirls hofften auf einen heißen Flirt, nicht auf Nachhilfe in Mathe oder Deutsch. Jan jedenfalls konnte sich die Mädchen aussuchen, die ihm gefielen, und das tat er auch regelmäßig.

„Machst du mir bitte sechs Fassbrausen und vier Energydrinks für Tisch zwölf?", rief Matilda ihm zu. Jan winkte und nickte grinsend, bevor Matilda mit den Anmeldungen ins Haus lief.

Sechs neue Kursteilnehmer, alles Anfänger. Außer den Frischlingen hatten sich noch einige andere für den Fortgeschrittenenkurs angemeldet, und zwei Familien schickten ihre Kids zu den Minis. Also direkt zu ihr.

An der Innentür im Büro hing ein runder Spiegel, in den Matilda nun einen schnellen Kontrollblick warf. Am Morgen waren auf ihrer Stirn zwei Alarmpickel aufgeblüht. Einmal im

Monat bekam sie die jedes Mal an genau dieser Stelle. Zum Verzweifeln. Sie hatte sie mit Pickelcreme betupft und eine leicht getönte Tagescreme aufgetragen, die auch ihre *Sommersonnenpunkte* überdeckte, wie Papa sie nannte. Früher hatte er die Sommersprossen gezählt, indem er jede einzelne mit der Fingerspitze berührt hatte. Beim letzten Mal, vor einem Jahr, waren es 24 gewesen.

An den Pickeltagen wünschte sich Matilda, sie hätte Ponyfransen wie Emmy. Dann könnte sie die nervigen Pusteln einfach darunter verstecken. Aber Matilda trug ihre langen hellblonden Haare mit Seitenscheitel und meistens im Zopf oder zu einem lockeren Knoten geschlungen. Tante Maike nannte ihre Haare „Pferdemähne", weil sie so dicht und dick waren, aber von anderen bekam Matilda nur Komplimente dafür. Die blaugrünen Augen hatte sie von ihrem Vater geerbt. Sie veränderten ihre Farbe wie das Meer, je nach Matildas Stimmung. Heute waren sie dunkelgrün wie die See an den tiefsten Stellen.

Matilda legte die Bögen auf ihren Stapel auf dem Schreibtisch, wo ihr Vater sie später finden würde. Sie streckte die Finger nach den beiden anderen Stapeln aus – Emmys und Valeries –, zog sie aber wieder zurück.

Es hatte sich im Lauf der Zeit zu einem Wettbewerb zwischen den Cousinen entwickelt, wer an Abenden wie diesem die meisten Anmeldungen ablieferte. Matildas Vater und ihr

Onkel hielten nicht wirklich viel davon, aber ausreden konnten sie es den Mädchen nicht.
Die Stapel sahen gleich hoch aus.
Wer mochte diesmal vorn liegen? Morgen würde sie es erfahren.
Matilda schwang herum, um wieder zur Party zu flitzen … und stieß fast gegen Valerie.
„Schau dir das an!“ Valerie wedelte mit ein paar Bögen über ihrem Kopf. Beim Grinsen zeigte sie ihre leicht vorstehenden Zähne, die ihr den Spitznamen *Seepferd* eingebracht hatten. „Alles süße Kiddies für dich!“ Sie schüttelte ihre kinnlangen dunkelblonden Haare, die sie mit viel Schaumfestiger aufzuplustern versuchte. Vergebens. Sie erinnerten auch heute nur an verwelkten Schnittlauch.
Valerie war 16 und damit zwei Jahre älter als Matilda, aber fies wie eine Strandkrabbe, die einem von hinten in die Fersen zwickte.
Ja, Matilda liebte die Arbeit mit den Minis, aber sie war auch selbst ein Ass auf dem Brett. In ihrer Freizeit schoss sie am liebsten über meterhohe Wellen dahin und genoss dabei den Wind in den Haaren. Sie hatte auf jeden Fall das Zeug dazu, auch die Fortgeschrittenen zu unterrichten. Leider traute ihr das innerhalb der Familie niemand zu.
Valerie wusste genau, wie sehr Matilda das nervte.

„Ja, krass, ich freu mich!“ Matilda lächelte zuckersüß. „Leg nur alle hin. Linker Haufen.“
„Netter Versuch.“ Valerie legte die Papiere auf den rechten, ihren eigenen Stapel und verzog bedauernd das Gesicht. „Tut mir sooo leid, dass du dieses Jahr wieder nur die Minis trainieren darfst. Aber bei uns Besseren ist das Level schon extrem hoch, weißt du?“
„Weiß ich. Deshalb ist ja auch jeder kleine Fehler blöd. Du zum Beispiel solltest beim nächsten *spin out* das Gewicht näher zum Mastfuß verlagern. Zieh das Heck mit dem hinteren Fuß ran, dann kommst du wieder auf Kurs und musst nicht dauernd absteigen.“
Mit diesem Kommentar ließ Matilda Valerie stehen und beeilte sich, nach draußen zu flüchten.
Über dem Hof lag mittlerweile ein purpurner Schimmer. Hinter den Dünen versank die Sonne im Meer. Dort herrschte bei diesem Licht eine magische Atmosphäre – vor allem in Matildas Glücksdüne, ihrem geheimen Ort abseits der Strandkörbe, der Promenade und des *Sunny Beach*. Dort konnte sie windgeschützt inmitten der Gräser liegen und mit den nackten Füßen im Sand spielen, während der Blick bis zum Horizont ging. Die Luft roch nach Salz, Fisch und Kräutern. Zu hören war nichts als das Meeresrauschen und das Kreischen der am Himmel schwebenden Möwen.

Aber alles zu seiner Zeit. Jetzt galt es, die Gäste bei Laune zu halten.

Matilda brachte die Getränkebestellungen an Tisch zwölf, lächelte allen zu und setzte sich zu Stammgästen oder Neulingen, um ein bisschen zu plaudern. Das erwartete ihr Vater von ihr, und sie machte es gern. Die Gäste sollten sich herzlich willkommen fühlen, bevor sie zurück in ihre Unterkünfte strömten – Ferienhäuser, Hotels, Pensionen und Jugendherbergen. Sie sollten den Bossenhof als den quirligen Mittelpunkt des Insellebens sehen und sich hier von Anfang an wohlfühlen.

Für ein paar Minuten schob Matilda sich auch zu Josy auf die Bank. Immerhin saßen hier mit Josy und Merit nicht nur ihre Freundinnen, sondern mit den Fußballern auch mögliche Kunden für einen Schnupperkurs.

Die meisten der Jungs hingen an Josys Lippen. Heute hatte sie sich besonders aufgestylt, aber auch ohne Schmuck war sie ein Hingucker. Sie besaß einen Riesenvorrat an Ohrsteckern in Silber-, Blau- und Grüntönen, aus denen sie mit traumwandlerischer Sicherheit immer die zum Outfit passenden auswählte. An diesem Abend waren es silberne Dreiecke, die im Licht der Lampions funkelten. Josy hieß eigentlich Johanna, aber so nannte sie kein Mensch. Sie hatte es vermutlich selbst schon vergessen.

Gegen eine wie Josy hatte Merit Mühe, die Blicke der Jungs auf sich zu ziehen. Merit war auch hübsch, klar! Ihr goldblonder Zopf, die hellbraunen Augen – aber neben der strahlenden Josy verblasste jede und wurde meist übersehen wie eine Sprotte neben einem schillernden Tropenfisch.
Seltsam. Im letzten Jahr hatten Matilda und ihre Freundinnen nur danach geschaut, ob nette Mädchen unter den Touristen waren, mit denen man abhängen konnte.
In diesem Jahr war das anders.
Während Matilda den Jungs erzählte, wo sie die besten Sportplätze fanden und in welchem Café sie die coolsten Leute treffen würden, musterte sie jeden Einzelnen. Es schadete ja nicht, zu schauen, welcher ihr gefallen würde.
Der Star der Gruppe war offenbar Sprücheklopfer Vincent. Josy klimperte ihn von der Seite an, Merit betrachtete ihn verträumt. Er sah zugegebenermaßen auch am besten aus mit seinem schmalen gebräunten Gesicht, den hellblonden schulterlangen Haaren und den ebenmäßigen Zähnen. Ob er tatsächlich ein interessanter Typ war, konnte man nach dem ersten Treffen aber unmöglich sagen. Manchmal entdeckte man erst auf den zweiten Blick etwas Wunderschönes an einem Jungen, oder er brachte einen überraschend mit einem tollen Humor zum Lachen.
Aber Matilda war sowieso raus, wenn es um Beziehungen

mit hübschen Touristen ging. Wenn sie überhaupt mal einen Freund haben sollte, musste der auf der Insel leben. Das hatte sie sich fest vorgenommen. Etwas anderes ging gar nicht. *Never ever*. Das brachte nur Probleme.

Blöd nur, dass sie alle Jungs auf der Insel kannte, die in etwa in ihrem Alter waren. Da war keiner dabei, der bei ihr ein Kribbeln verursachte.

Vielleicht änderte sich das eines Tages?

Oder sie blieb Single. Wie Tante Maike.

Matilda biss sich auf die Unterlippe.

Nein, nicht wie Tante Maike. Kein guter Plan.

Trotzdem: Sich bloß nicht in jemanden verlieben, der immer weg war. Mit dem man dann nur telefonierte oder chattete oder Nachrichten tauschte. Dass das nicht funktionierte, sah man an ihren Eltern.

Matilda suchte den blonden Haarschopf ihres Vaters im Getümmel vor der Bar, entdeckte ihn aber nirgends.

Sie lächelte noch einmal in die Runde und wünschte einen wunderbaren Abend. Sie sah Vincents bedauernden Blick und zuckte mit schiefem Lächeln in seine Richtung die Schultern. Seine Trauer verflog in Windeseile, denn kaum hatte sich Matilda umgedreht, hörte sie ihn schon wieder mit Josy über einen Gag grölen. Die anderen stimmten ein. Ja, ja, die englischen Fußballer ließen sich nicht so leicht entmutigen – die würden in ihren Ferien mitnehmen, was sie kriegen konnten. Matilda würde nicht dazugehören.

Sie schlenderte zum nächsten Tisch. Eine Familie mit drei jüngeren Kindern hatte dort Platz genommen. Das älteste Mädchen, Jenny, sollte ab Montag bei den Minis Windsurfen lernen.

Ein paar Schritte entfernt unterhielt sich Valerie mit einem Typen, den sie offenbar für einen der Kurse gewinnen wollte. Wobei *unterhalten* bedeutete, dass das Seepferd blubberte und zwischendurch wieherte, während der Typ mit in den Jeanstaschen vergrabenen Händen zuhörte. Dabei schmunzelte er immer wieder, allerdings eher gequält. Zwei Grübchen bildeten sich in seinen Wangen, wenn er die Mundwinkel hochzog.

Er überragte Valerie um einen halben Kopf, war aber vermutlich einige Monate jünger als sie. Damit passte er nicht in Valeries Beuteschema. Sie stand eher auf Ältere.

Aber gut, eine Ausnahme war verständlich bei jemandem mit Schmunzelgrübchen und Augen in der Farbe von …

Mist!

Musste er ausgerechnet jetzt hersehen, während Matilda ihn von oben bis unten musterte?! Und warum konnte man sich nicht in einen Wattwurm verwandeln und in den Boden bohren, wenn es nötig war?

Matilda wirbelte herum. Ihr Gesicht brannte, als hätte sie eine Runde mit einer Feuerqualle gekuschelt. Sie zupfte an ihrer kurzen Strickjacke nach einer unsichtbaren Fluse, obwohl an ihrem Outfit – kurzes schwingendes Sommerkleid im blaugrünen Ethno-Design, himmelblaue Strickjacke und weiße Sneakers – alles tadellos war. Zu den Partys auf dem Bossenhof wählte Matilda gern etwas schickere Klamotten. Ihre Gesichtsfarbe biss sich in diesem Augenblick vermutlich krass mit dem Blaugrün des Leinenstoffs.

„Hallo", sagte sie etwas zu hastig und setzte sich zu der fünfköpfigen Familie. Ihr Herzstolpern überspielte sie mit einem besonders freundlichen Grinsen, das Jenny als Aufforderung verstand, näher zu rücken und sie über das Windsurfen auszufragen: „Kann ich am Montag gleich mit dir raus aufs Meer? Was ist, wenn ich runterfalle? Surfen wir auch, wenn es keinen Wind gibt? Geht das überhaupt?"

Ja, über das Surfen zu reden war gut. Es fühlte sich vertraut an. Vertrauter jedenfalls als diese Blicke eines Typen mit bernsteinfarbenen Augen, die sie in ihrem Rücken zu spüren glaubte.

Matilda bemühte sich, Jenny weiter anzulächeln, während sie antwortete. „Das besprechen wir alles am Montagmorgen mit den anderen. Mach dir keinen Kopf, das sind Anfänger wie du. Bisher haben in meinem Kurs die meisten das Surfen auf die Reihe gekriegt. Du packst das."

Über Jennys Gesicht ging ein Leuchten. Cool, wenn die Kids so begeistert waren. Aber das waren sie eigentlich immer. *Sie* hatten ja richtigen Urlaub.
Matilda verabschiedete sich von Jennys Familie und lugte so unauffällig wie möglich über die Schulter, um … Doppelmist!
Der Typ schaute in aller Seelenruhe in ihre Richtung. Im Gegensatz zu ihr schien es ihm keine Spur peinlich zu sein, dabei ertappt zu werden. Er strahlte sie an und schlenderte zu ihr herüber.
Hilfe, SOS!
Matilda straffte die Schultern.
Immer schön lächeln! Kurze Böe von steuerbord, jetzt war alles wieder auf Kurs.
Hinter dem Typ mischte sich Valerie unter die Gruppe top gestylter Mädchen an Jans Theke. Mit ihnen lachte sie weniger, warf auch die Haare nicht mehr ständig zurück, aber für einen Kurs gewinnen wollte Matildas Cousine die Girls schon, das konnte man sehen.
„Hi, ich bin Lasse." Lasse überragte Matilda ein ganzes Stück, so dass sie den Kopf heben musste. Sein Gesicht war schmal, die Augen wirkten dadurch besonders groß. Für einen Jungen hatte er ziemlich lange Wimpern. Die hellbraunen Wuschellocken fielen ihm in die Stirn, als sei er gerade erst aus dem Bett gestiegen. Er trug ein moosgrünes Sweatshirt, das seinen

eckigen Körper betonte, darauf prangte ein Logo mit einem kleinen Sportflugzeug.

„Hi, ich bin Matilda Bossen."

„Hab mir schon gedacht, dass du zu den Offiziellen gehörst. Du läufst ja seit Stunden mit Getränken und Formularen über den Hof. Dumm nur, dass ich noch nichts zu trinken bekommen habe."

He, sollte das eine Beschwerde werden? Matilda hob das Kinn. „Sorry, hole ich gleich nach. Bei dem Trubel kann es schon mal passieren, dass ich jemanden übersehe. Was soll ich dir bringen?" Ihr Ton war um mehrere Nuancen frostiger geworden. Sie räusperte sich. Was war los mit ihr? Wieso fiel es ihr so schwer zu lächeln? Gerade hatte sie noch mit der Inselsonne um die Wette gestrahlt.

Lasse hob beide Arme. „Äh, nein, so war das nicht gemeint! Ich wollte nur sagen, dass es nett gewesen wäre, wenn ich mich schon früher mit dir hätte unterhalten können. Aber du bist ja voll beschäftigt."

Nett gefunden hätte er es, mit ihr zu reden? Wie sollte sie das jetzt verstehen? Versuchte der Typ, mit ihr zu flirten?

Am besten tat sie, als hätte sie das gar nicht bemerkt. Im Smalltalk war sie Weltmeisterin.

„Für uns sind die Samstage und Sonntage immer superhektisch. Bettenwechsel, die neuen Gäste begrüßen. Gerade zu

Beginn der Ferien ist die Insel praktisch ausgebucht. Du bleibst wahrscheinlich zwei Wochen wie die meisten, oder?" Matilda legte den Kopf schräg. „Ich habe gesehen, dass Valerie dich für einen Kurs begeistern wollte. Und? Hatte sie Erfolg?"
Lasse lachte auf. Angenehm tief.
„Alles falsch", sagte er. „Ich bleibe nicht zwei Wochen, sondern die ganzen Ferien über. Meine Eltern haben hier ihren Zweitwohnsitz. Wir kommen schon ewig her."
Wie bitte? Er war Stammgast? Warum kannte Matilda ihn dann nicht?
Lasse sah offenbar an ihrer Miene, was sie dachte. Er hob die Schultern. „Windsurfen war bisher nicht mein Ding. Eigentlich wollte ich gar nicht mit. Ich hatte schon was mit Freunden geplant. Wir wollten mit Interrail an die französische Atlantikküste."
„Wirklich?"
Nahe Bordeaux sollte es tolle Surf-Spots geben! Dort gewesen war Matilda noch nie. Mehr als eine Woche Italien an Ostern war für sie und ihren Vater nicht drin. Die Sommerferien blieben dem *Sunny Beach* vorbehalten.
Aber auch, wenn Lasse nicht wegen der Brandung nach Frankreich gewollt hatte – ohne Eltern mit Freunden unterwegs zu sein, klang extrem cool.
„Warum bist du abgesprungen?", fragte Matilda.

„Tja, mein Paps hat mir erlaubt, Kopilot in seinem Flieger zu sein. Wir sind mit seiner Cessna von Frankfurt aus hergeflogen. Da wohnen wir. Ein paar Inselrundflüge wollen wir auch starten. Das lasse ich mir nicht entgehen. Da mache ich gern noch ein letztes Mal Urlaub mit den Eltern."

Matilda wies mit dem Kinn auf sein Shirt. „Jetzt checke ich das. Kopilot. Du interessierst dich fürs Fliegen?"

„Kann man so sagen, ja." Lasse hielt ihrem Blick stand. Seine Augen schimmerten tatsächlich wie Bernstein und schienen je nach Lichteinfall die Farbe zu verändern. „Na ja, zumindest sitze ich neben meinem Dad und überwache die Anzeigen. Diese kleinen Maschinen kommen auch ohne zweiten Piloten aus." Er zwinkerte Matilda zu. „Auf jeden Fall ein großartiges Gefühl, über den Dingen zu schweben. Von oben hat man alles im Blick. Das fühlt sich an wie … Freiheit. Klingt blöd, ich weiß."

Matilda schüttelte den Kopf und nickte gleich darauf nachdenklich. „Überhaupt nicht." Wie gut sie ihn verstehen konnte. Ihm schien das Fliegen genauso viel zu bedeuten wie ihr das Windsurfen.

„Ob ich einen Surfkurs belege, wollte ich mir noch durch den Kopf gehen lassen", fuhr er fort. „Habe ich denn überhaupt eine Chance, das zu lernen? Muss man damit nicht viel früher anfangen?"

Matilda lachte. „Klar kriegst du das noch hin!"

„Und du bist eine der Kursleiterinnen?"

Matilda hob den Zeigefinger und wackelte damit, während sie ihn angrinste. „Ich betreue nur die Kids. Mach dir keine Hoffnungen."

„Also die Anfänger", stellte er fest.

„Genau, die Kleinen eben. Für dich wäre wahrscheinlich Jan zuständig. Der kümmert sich unter anderem um die größeren Einsteiger. Oder auch Valerie, wenn du schnell lernst. Die hast du ja bereits kennengelernt."

„Allerdings." Er verzog den Mund.

Matilda verbiss sich ein Grinsen. Es gehörte sich nicht, mit den Gästen über die eigene Familie zu lästern, aber was Lasse von ihrer Cousine hielt, war ihm deutlich anzusehen.

„Du, ich muss wieder." Matilda hob bedauernd die Arme.

„Ich hoffe, wir sehen uns?", rief Lasse, als sie ihm schon den Rücken zuwandte.

Sie blickte über die Schulter. „Wenn du sechs Wochen auf der Insel bist, wird sich das wohl nicht vermeiden lassen."

Es fühlte sich ein bisschen nach Flucht an, als sie an den nächsten Tisch trat und die Bestellungen aufnahm. Als das erledigt war, drehte sie sich nach Lasse um, bekam aber nur noch mit, wie er die Party verließ, ohne ein weiteres Wort mit jemandem zu wechseln. Nanu?

War der letzte Satz zu hart gewesen? Wahrscheinlich. Matilda seufzte.

„Jetzt chill mal." Emmy grinste von zwei Tischen weiter zu Matilda herüber.

Emmy, die eigentlich beim Bedienen helfen sollte, sich aber lieber mit ihrem Schulfreund Daniel verkroch, um kichernd die Köpfe zusammenzustecken.

Von ihrem Gesicht sah man wie so oft nur die Hälfte. Die andere war mit einer schwarz und weiß gefärbten Haarsträhne bedeckt. Sie trug ein schwarzes Shirt, um ihren Hals baumelten mehrere Gliederketten, vermutlich aus einem Baumarkt vom Festland, und bestimmt hatte sie auch die schwarze Jeans mit mehr Löchern als Stoff an.

Mit der hellen Gesichtshaut und den natürlich rot schimmernden Lippen sah Emmy fast ein bisschen gruselig aus. *Strange* auf jeden Fall.

Aber wie hieß es? *Don't judge a book by its cover* – beurteile ein Buch nicht nach seinem Einband. Das galt genauso für Menschen.

Matilda grinste zurück und zeigte mit dem Finger auf sie. „Sieh du mal lieber zu, dass du noch ein paar Anmeldungen ablieferst. Ich liege vorn, schätze ich."

Emmy hob anerkennend den Daumen.

Im Gegensatz zu Valerie war Emmy ein echter Goldschatz.

Matilda und sie waren fast im gleichen Alter. Obwohl Emmys und Matildas Interessen meilenweit auseinanderlagen, waren sie nicht nur Cousinen, sondern auch Freundinnen.
Als jüngstes der drei Bossen-Mädchen hatte Emmy einige Freiheiten, die ihr keiner wirklich übel nahm. Dass sie manchmal ein bisschen verpeilt war, verzieh man ihr auch. Dafür blitzte ihr hellwacher Verstand immer dann auf, wenn es wirklich wichtig war. Für den Stress, der sich durch ihre Schusseligkeit ergab, hatte sie Daniel, der ihr ständig Bücher und Taschen hinterhertrug.
Kurz, Emmy war einfach zu süß, als dass man ihr wegen irgendetwas hätte böse sein können.
Weniger süß klang wahrscheinlich das, was sie mit Daniel hinter vorgehaltener Hand tuschelte. Bestimmt lästerten die beiden über die Tussis um Jan ab. Da traf es wenigstens nicht die Falschen.
Jetzt aber stand Daniel auf, strich sich die dichten rotbraunen Haare aus der Stirn und verabschiedete sich von Emmy. Die beiden waren fast gleich groß. Er holte sein Bike, das er am Nachmittag an die Wand der Scheune gelehnt hatte, und verschwand auf dem Pfad, der zum Dorf führte.
Na, viel Glück!, dachte Matilda.
Fahrradfahren war auf der Insel an manchen Tagen spaßig, an anderen die Hölle. Je nachdem, aus welcher Richtung der

Wind wehte. Deshalb besorgten sich die meisten Jugendlichen einen Roller, sobald sie alt genug dafür waren. Aber darauf musste Daniel noch etwas warten.

Allmählich verließen auch die anderen Gäste die Party. Viele waren erst am Morgen oder Mittag angereist und freuten sich vermutlich darauf, die Koffer auszupacken und sich in ihren Unterkünften gemütlich einzurichten.

Auch Matilda hatte genug für heute. Sie begann, an den bereits leeren Tischen die Gläser und Flaschen einzusammeln; eine eintönige Arbeit, ideal, um die Gedanken kreisen zu lassen.

Hatte sie etwas Falsches zu Lasse gesagt, oder warum hatte er gleich nach ihrem Gespräch das Weite gesucht? Sie war doch so freundlich zu ihm gewesen wie zu jedem anderen Gast auch, oder? Warum also der überstürzte Aufbruch?

Ach, was kümmerte sie das?! Sie sollte ihn sich aus dem Kopf schlagen. Er war nett, okay. Seine Augen würden sie vermutlich in der Nacht verfolgen, und es würde kein Albtraum werden. Trotzdem – mit einem wie Lasse durfte sie sich nicht einlassen.

Die Insel war Matildas Zuhause, ihre Welt. Sie kannte jeden Flecken, wachte mit dem Meeresrauschen im Ohr auf und schlief am Abend damit ein. Ein Flirt mit einem Inselmädchen war für einen wie Lasse aufregend, klar. Das toppte das Urlaubsfeeling. Aber das war definitiv nicht ihr Ding! Das kapierte dieser Lasse besser schnell. Sie musste ihm nur konsequent die kalte Schulter zeigen, dann erledigte sich das von allein.

Bye-bye, Lasse.

Von wegen Spaßbremse!

„Was ist los mit dir, Matilda?“ Eine steile Falte stand zwischen Nils Bossens Brauen.

Die Musik war inzwischen abgestellt, hinter den Dünen brandeten die Wellen an den Strand. Ein leichter Wind ließ die Gräser rascheln. Im Innenhof spendeten die Lampions Licht. Es roch nach verschüttetem Bier und Krabbenbrötchen.

Alle Gäste hatten sich verabschiedet. Jan war mit einer Traube von Mädels abgerauscht, um in einem der Clubs auf der Insel Party zu machen. Der würde erst wieder zum Frühstück auflaufen. Emmy wischte die Tische ab, nachdem Valerie ihr Eimer und Lappen in die Hand gedrückt hatte und mit Leidensmiene in ihrem Zimmer verschwunden war.

Tja, das Seepferd demonstrierte gern, dass es seiner Meinung nach mehr schuftete als alle anderen zusammen. Das war natürlich Unsinn. Auf dem Bossenhof und im *Sunny Beach* packten alle mit an. Aber Valerie sah das anders.

Wehte daher der Wind? Hatte Valerie sich wieder einmal über Matilda beschwert?
Matilda verschränkte die Arme und schob kämpferisch das Kinn vor. „Wenn du meinst, ich müsste freundlicher zu Valerie sein, spar dir den Atem", fuhr sie ihren Vater an. „Das wird in diesem Leben nichts mehr."
Nils grinste. Manchmal bemühte er sich um einen strengen Ton ihr gegenüber, aber lange hielt er das selten durch. Diesmal jedoch wurde er wieder ernst. „Es geht nicht um Valerie, sondern um die Gäste. Ich habe dich heute beobachtet und fand dich ziemlich launisch. Das macht keinen guten Eindruck, Matilda."
Matilda zog die Mundwinkel herab. „Ich launisch, hallo? Ich finde, ich habe einen großartigen Job gemacht. Schau dir die Anmeldungen an, die ich eingesammelt habe."
Ihr Vater machte eine wegwerfende Handbewegung. „Ach, um die geht es erst recht nicht. Und ich finde es auch echt nicht toll, dass ihr die Partys für eure Werbetour nutzt. Ob ihr die Leute hier anquatscht oder ob sie am nächsten Tag selbst zur Surfschule schlendern, das macht doch keinen Unterschied."
„Finde ich schon. Am Ankunftstag will keiner was verpassen. Wenn wir ihnen klarmachen, dass ein Kurs bei uns dringend zu einem gelungenen Urlaub gehört, dann haben wir sie sofort am Haken."

„Na ja, das kann euch sowieso keiner ausreden. Solange die Leute mitmachen, ist ja alles okay", lenkte Nils ein und musterte sie besorgt. „Aber ich habe den Eindruck, dass es dir nicht besonders gut geht. Als du aus dem Büro kamst, hast du geschaut, als wolltest du jemandem den Hals umdrehen. Und als du dich mit dem jungen Mann unterhalten hast, sah es aus, als hättest du ihn erst einmal ziemlich auflaufen lassen. Alles in Ordnung bei dir, Matilda?"

Ups, so deutlich sah man ihr die Gefühle an? Klar, Matilda kannte ihr Temperament. Sie ging leicht mal in die Luft, aber sie war schließlich keine Winkekatze im Schaufenster eines Asialadens, sondern ein Mensch aus Fleisch und Blut! Valerie schaffte es ständig, sie auf hundertachtzig zu bringen. Und einem wie Lasse war sie noch nicht begegnet. Das konnte einen kurz aus der Spur bringen, oder? Jetzt war ja alles wieder im Lot.

Matilda presste die Lippen aufeinander und schüttelte den Kopf. „Alles im Lack, Paps."

Nils wuschelte ihr durch die Haare und wollte weiterreden, da erklangen trippelnde Schritte und klirrende Ketten hinter Matilda. So kündigte sich nur Emmy an.

„Na, Lagebesprechung? Sind die Anmeldungen schon ausgezählt? Darf man gratulieren?"

Matilda verzog den Mund. „Mein Dad hält mich für eine Spaßbremse." Nils hob die Arme, um zu protestieren, aber Matilda grinste ihn an und ergänzte: „Er meint, ich sollte freundlicher zu den Gästen sein."

„Ich finde dich megafreundlich, Matilda! Die Leute liiieben dich!"

So war sie, ihre jüngere Cousine. Auf sie war Verlass. Matilda drückte ihr einen Kuss auf die Wange. Sie hatte Emmy schon verziehen, dass sie an diesem Abend ausschließlich mit ihrem Kumpel Daniel abgehangen hatte, statt sich um die Gäste zu kümmern.

Logisch ging ihr das manchmal auf den Keks. Matilda stand als einzige Tochter ihres Vaters viel öfter im Fokus als ihre beiden Cousinen und ihr Cousin. Bei drei Kindern verteilte sich die Aufmerksamkeit der Eltern, da konnte man leicht mal durchflutschen und chillen, ohne dass es einer bemerkte. Sobald *sie* mal mies drauf war, riefen alle gleich „Krise!". Ungerecht!

Aber so war es wohl, wenn ein Dad nicht nur die väterlichen Pflichten seiner Tochter gegenüber erfüllte, sondern auch versuchte, ihr die Mutter zu ersetzen. Bisschen viel auf einmal, oder?

„Jetzt aber ab in die Kojen." Ihr Vater klatschte in die Hände, bevor er hinter der Theke den Schalter für die Lampions umlegte.

Matilda richtete für einen Moment den Blick in den Himmel,

während der Bossenhof in dunkelgraues Licht getaucht wurde. Die Sterne über der Insel strahlten am hellsten, wenn es keine künstliche Beleuchtung gab. Friedliche Stille legte sich über den Hof. Drüben hinter den Dünen brandete rauschend das Meer, und von der Weide her hörte Matilda eines der beiden Ponys wiehern. Im Sommer blieben die Pferde draußen und zogen sich nachts in den Holzverschlag zurück. Wahrscheinlich hatte sie der Partylärm heute wach gehalten. *Jetzt ist aber Schlafenszeit, Nena und Nuna!*

Emmy begleitete sie zum Anbau, in dem Matilda mit ihrem Vater wohnte. Emmy lebte mit ihren Geschwistern und den Eltern im Haupthaus – klar, eine fünfköpfige Familie brauchte mehr Platz als ein alleinerziehender Vater mit seiner Tochter.

„Was war denn das für ein Typ, mit dem du so lange geredet hast? Über dem schienen ja Herzchen zu schweben, während er dich angeschaut hat." Emmy puffte Matilda in die Seite.

Matilda stolperte vor Schreck, fing sich aber sofort wieder. „Hast du uns etwa beobachtet?"

„Na klaro, was dachtest du denn? Du sahst aus, als wärst du Edward Cullen persönlich begegnet."

Logisch, dass Emmy, das Gothic-Girl, ausgerechnet mit Edward kam, dem gut aussehenden Vampir. Matilda verdrehte die Augen und rettete sich in Schnodderigkeit: „Du schon wieder! Du liest zu viele Liebesromane, Würmchen."

So wie Valerie das Seepferd war, hatte sich auch Emmy ihren Spitznamen redlich verdient: Würmchen, der Bücherwurm. Wenn sie nicht mit Daniel oder den Mädchen abhing, sah man sie selten ohne ein Taschenbuch oder ihren E-Book-Reader.

„Nee, nee, komm mir nicht so“, sagte sie, ohne auf Matildas Ablenkungsmanöver einzugehen. „Da hat die Luft gebrannt zwischen euch.“

Jetzt musste Matilda doch lachen. „Du spinnst, echt. Obwohl, er war schon süß, oder?“

Emmy zuckte die Schultern. „Bisschen lang und dünn sieht er aus, und hat der keinen Kamm? Nee, mein Typ war der nicht.“

„Kein Wunder, du klebst ja immer nur an Daniel.“

Emmy wurde rot wie ein Hummer. „Du weißt genau, dass wir nur gute Freunde sind! Das wäre ja, als würde ich mit meinem eigenen Bruder flirten, wenn ich mit Daniel was anfangen würde.“

„Jaja, aber so geht es doch immer los, oder?“

Offensichtlich gefiel es Emmy weniger, dass Matilda das Thema auf sie gelenkt hatte. Sie küsste Matilda rasch auf die Wange und lief dann winkend ins Haupthaus.

Matilda atmete tief aus, bevor sie die schwere Eichentür des Anbaus öffnete. Drinnen empfing sie der Geruch nach altem Holz. Ohne noch einmal in Küche oder Wohnzimmer zu ge-

hen, nahm sie die Treppe in die erste Etage, die sie komplett für sich hatte.
Das war ihr eigenes Reich. Hier konnte sie in aller Ruhe darüber nachdenken, wie sie es zukünftig vermeiden sollte, dass alle Welt sie für verliebt hielt.
Schwebende Herzchen über den Köpfen! So etwas konnte nur einer unverbesserlichen Romantikerin wie Emmy einfallen.
Flirten – immer gerne! Aber bitte nicht mit einem Typen, der am Ende des Sommers davonfliegen würde.
Morgen würde der erste Mini-Kurs der Saison beginnen. Den besuchten lauter süße Grundschulkinder, die sie mit ihren Fragen und den Übungen voll in Atem halten würden. Keine Zeit mehr für Grübeleien über Bernsteinaugen und Schmunzelgrübchen, Zitterknie und Herzstolpern!

Gegenwind

„Auf die Plätze, fertig und …!“ Matilda klatschte in die Hände.

Vor ihr griffen je zwei Kids einer Mannschaft nach einem Board und rannten los. Die nackten Füße wirbelten den Sand auf, der hinter ihnen in hohem Bogen davonflog.

Der siebenjährige Silas packte noch zu, während sein zwei Jahre älterer Bruder Finn bereits die Arme um das Brett geschlungen hatte und loshechtete. Silas glitt das Heck aus den Fingern und knallte auf den Strand.

„Noch mal von vorn!“, rief Matilda.

Das gegnerische Team quittierte das Missgeschick der beiden mit lautem Jubel und feuerte die eigenen Mannschaftskameraden noch mehr an.

Matilda klingelten die Ohren.

Ein Haufen Möwen, die sich um die Fischreste von Krabbenkalle an der Strandpromenade zankten, war nichts dagegen.

Trotzdem süß, mit welcher Begeisterung die Minis dabei waren. Acht Schülerinnen und Schüler im Alter von sieben bis zehn Jahren nahmen am Einsteigerkurs teil. Alle trugen sie voller Stolz ihre Neoprenanzüge.

Neben Jenny, mit der Matilda sich gestern schon unterhalten hatte, kannte sie nur die lang aufgeschossenen Brüder Silas und Finn sowie den etwas unsportlich wirkenden Jonas. Seine Zahnspange blitzte beim Grinsen immer wieder im Sonnenlicht auf. Den Rest ihres Kurses – Lia, Hanna, Felix und Torben – hatte Valerie an Land gezogen.

Valerie, die heute Morgen wieder einmal ... Nein, den Gedanken an das spaßbefreite Seepferd schob Matilda besser beiseite. Die Kids verdienten ihre volle Aufmerksamkeit. Schließlich konnten sie nichts dafür, dass dieser traumhafte Morgen mit strahlend blauem Himmel und Sonne satt so unterirdisch angefangen hatte. Daran war nur ihr Vater schuld. Und Onkel Sven. Und Valerie. Ja, vor allem Valerie.

„Super, Jonas und Lia!“ Matilda stimmte in die Anfeuerungsrufe der Kids ein. Konzentration jetzt! „Schnell zurück!“

Das erste Brett lag am Wasser. Jonas und Lia rannten keuchend zu ihnen herauf und klatschten sich ab. Schon zischten Jenny und Hanna mit einem Board Richtung Meer davon.

Matilda folgte ihnen. Bis auf Silas und Finn ließ in den nächsten Minuten niemand sein Brett fallen. Nicht, dass das den

Boards etwas ausgemacht hätte. Für diesen Teil des Kurses verwendete Matilda extrem stabile Übungsbretter. Die Kids sollten den Umgang mit dem Material erlernen, ohne Angst haben zu müssen, etwas kaputt zu machen.

Diese spielerischen Übungen hatten aber noch einen anderen Zweck: Matilda wollte herausfinden, wer wirklich für das Surfen geeignet war.

Zwar nahmen sie und ihre Cousinen sich auf den Partys die Zeit, mit den Eltern zu reden und abzuklopfen, ob die Kids schon sicher schwimmen konnten und mit Freude ins Wasser gingen. Würde es ihnen auch nichts ausmachen, ein paar Sekunden unterzutauchen? Aber schon einige Male hatte sich herausgestellt, dass das angebliche Schwimmer-Wunderkind mit Wasser noch nicht mehr zu tun haben wollte, als es im Eimerchen zu seiner Sandburg zu tragen.

Was vollkommen in Ordnung war! Nur, zum Windsurfen brauchte es mehr. Die Kinder mussten mindestens fünfzehn Minuten frei schwimmen können, und sie sollten auch mit dem Schwimmen im Meer vertraut sein.

Wer sich abschleppte, um ein Board zu zweit bis zum Wasser zu bringen, war ebenfalls noch zu klein oder zu schwach. Wie sollte es dann erst werden, wenn ein Segel ins Spiel kam?

Matilda wartete, bis alle acht Bretter am Wasser waren, und legte die mitgebrachten Paddel daneben.

„Wofür sind die Ruder?“, fragte Jenny und schaute Matilda mit Murmelaugen an.
Matilda grinste. Die ewige Fragerei der Kleinen konnte auf Dauer bestimmt nerven, aber eigentlich zeigte es nur das Interesse des Mädchens am Surfen. Irgendwie schnuckelig. Und das Wissen brauchten Jenny und die anderen ja auch später für ihre Theorieprüfung zum Junior-Windsurfschein.
„Das sind Paddel“, erklärte Matilda. „Mit denen könnt ihr gleich rumschippern. Ihr müsst ein Gefühl dafür bekommen, wie es ist, auf dem Brett zu sein, bevor wir aufriggen.“
Sie lächelte, als sie die fragenden Blicke von Jenny und dem Rest der Truppe bemerkte.
„Was das Rigg ist, zeige ich euch später. Mit dem Paddel ist es schwierig genug, auf dem Brett zu bleiben, das könnt ihr mir glauben. Achtet gleich bitte darauf, diese Zone nicht zu verlassen.“
Matilda wies mit ausgestrecktem Arm auf die Bojen, die ihren Bereich für die Kleinen eingrenzten. Er war überschaubar, damit Matilda im Notfall mit wenigen Schwimmzügen zur Stelle sein konnte.
Die Bereiche weiter draußen hatte nicht nur die DLRG von ihrem Turm aus im Blick. Auch Jan hatte heute die Aufgabe, die Aktionen der älteren Kursteilnehmer von der Surfschule aus mit dem Fernglas zu verfolgen. So konnten er und Onkel

Sven, der in der Küche des *Sunny Beach* alles für eine Stärkung zwischendurch herrichtete, im Notfall jederzeit innerhalb weniger Sekunden das große Schlauchboot mit seinem Außenbordmotor zu Wasser lassen.

Die Sicherheit der Surfer stand im *Sunny Beach* an erster Stelle. Entsprechend wichtig nahm Matilda ihre Einführung. Obwohl sich jetzt schon abzeichnete, dass sich diesmal tatsächlich nur Wasserratten angemeldet hatten, fuhr Matilda mit der nächsten Übung fort – für sie eine weitere Möglichkeit, die Kids unter die Lupe zu nehmen.

„Jeder schnappt sich ein Brett und …", sie grinste die sehnsüchtig zum Meer schielenden Stöpsel an, „… ab ins Wasser!"

Acht Kids düsten los, um sich, kaum dass die ersten Wellen ihre Füße erreichten, gegenseitig nass zu spritzen. Matilda lief mit ihrem Board hinterher, ließ die Kinder eine kurze Zeit toben und hob dann die Hand, damit sie zu ihr schauten. Sie machte vor, was sie sehen wollte. Dazu ging sie etwa hüfthoch ins Wasser und legte das Brett quer vor sich. Sie holte Luft und tauchte unter.

Das Wasser gurgelte in ihren Ohren, die Geräusche der Insel blieben über ihr zurück: das Kreischen von Kindern, die mit ihren Eltern Frisbee spielten, die Reggae-Musik des Eiswagens, der irgendwo in der Nähe haltgemacht haben musste,

das Schreien der Möwen, die auf Brotkrümel hofften. Nur die herrliche Stille und Kühle des Meeres umfingen sie.
Sie hätte noch lange unter der Wasseroberfläche bleiben können, eine Minute hielt sie aus. Aber sie wollte den Minis keine Angst einjagen und flutschte zügig unter ihrem Brett hindurch, um auf der anderen Seite wieder nach oben zu kommen.
Sie strich sich ein paar nasse Strähnen aus dem Gesicht, die sich aus ihrem Zopf gelöst hatten, und zwinkerte die Tropfen an ihren Wimpern weg. „Na? Könnt ihr das auch?"
Einige stimmten jubelnd zu, andere holten bereits Luft und tauchten unter.
Mit dieser Übung wollte Matilda sehen, ob sie sich auf ihre Kursteilnehmer verlassen konnte. Es kam darauf an, dass die Kleinen ihr blind vertrauten und jederzeit taten, was sie von ihnen verlangte. Sonst konnte es schnell gefährlich werden. Außerdem gehörte das Herunterfallen nun mal zum Windsurfen. Vor allem am Anfang. Ein Kind mit Angst vor dem Tauchen hatte dann ein ernsthaftes Problem.
„Und jetzt rauf aufs Brett!", rief Matilda, als alle die Aufgabe erfüllt hatten.
Finn war als Erster oben – und purzelte eine Sekunde später auf der anderen Seite wieder herunter, als das Board seinem Schwung nachgab und sich neigte. Die anderen lachten, stellten sich aber kaum besser an. Es dauerte eine Weile, bis alle

auf ihren Brettern saßen, die Beine rechts und links im Wasser baumelnd.
Matilda lief ans Land. Unter ihren Füßen knirschte der warme Sand, ihr schwingender Zopf warf bei jedem Schritt Tröpfchen nach vorn, so dass der fast weiße Strand dunkle Flecken bekam. Sie fuhr mit der Zunge über die Lippen, um das Salz zu schmecken – ein Ritual, das sie nie vergaß, wenn sie das erste Mal am Tag im Meer gewesen war.
Sie klemmte sich die Paddel unter die Arme, ging wieder ins Wasser und verteilte sie an die Kids, die sofort damit loslegten. Hanna und Torben schienen schon einmal gepaddelt zu sein, in einem Kajak wahrscheinlich. Sie hatten keinerlei Schwierigkeiten, in immer größer werdenden Kreisen ihren Bereich zu erkunden und sich mit den Eigenheiten ihrer Boards vertraut zu machen. Die anderen taten sich schwerer, hatten den Dreh aber schnell heraus, nachdem Torben es ihnen vorgemacht hatte.
Auch Matilda schwang sich auf ihr Brett. Sie ließ sich aber nur treiben und lauschte dem sanft gegen ihr Board schwappenden Wasser. Sofern das bei dem Gekreische und Giggeln der Minis möglich war.
Mit welcher Freude die Kids bei der Sache waren!
Genauso hatte es bei ihr angefangen. Allerdings hatte sie keinen Kurs besuchen müssen. Ihr Vater hatte sie Stück für Stück

ans Surfen herangeführt. Vielen Jugendlichen auf der Insel ging es so – die Liebe zum Meer, zum Segeln, Wellenreiten oder Windsurfen war ihnen angeboren. Aber bei Matilda war es mehr. Sie fühlte sich erst richtig frei, wenn sie auf dem Brett stand und allein durch den Wind angetrieben dahinschoss. Dann war sie eins mit allem.

Und Wind gab es auf der Insel immer genug! Vor allem hier an der Westseite blies er beständig, heute zum Glück nur so mäßig, dass die Minis in Ruhe üben konnten, ohne gleich von größeren Brechern an den Strand gespült zu werden.

Erst weiter draußen wurde es stürmischer. Dort tanzten weiße Schaumkronen auf den Wellen, und Gischt spritzte auf, um im Sonnenlicht zu glitzern. Auf dem offenen Meer jagten die Profis unter Leitung ihres Vaters dahin, vollführten komplizierte Manöver oder wagten sich an halsbrecherische Sprünge. Wahnsinn!

Etwas näher am Ufer glitten die Fortgeschrittenen um Valerie übers Wasser. Gerade demonstrierte Valerie eine mehr oder weniger perfekte Halse. Ein Schüler nach dem anderen fiel nun ebenfalls vom Halbwindkurs ab, drehte sein Board, ließ das Schothorn durch den Wind schwingen und holte wieder dicht, um Geschwindigkeit aufzunehmen.

Ja, das sah schon gut aus. Dem ein oder anderen könnte Matilda Tipps geben, wie er sich verbessern konnte – wenn man sie denn ließe. Aber das würde so schnell nicht passieren. Das hatte ihr Vater ihr heute Morgen in aller Deutlichkeit zu verstehen gegeben.

Als Matilda nach dem Aufstehen einen Blick zu ihrem Vater und Onkel Sven ins Büro geworfen hatte, war noch alles perfekt gewesen. Die Sonne hatte ihre ersten Strahlen über die Düne in den mit hohen Fenstern und weißen Möbeln ausgestatteten Raum geworfen. Das Geschrei der Möwen und leises Tuckern vom Meer her hatten das Einlaufen der Fischer in den Hafen des Inseldorfs angekündigt. Nachdem Emmy gestern Abend nur mit Daniel herumgehangen und Valerie zwar einige der Girls um Jan für einen Schnupperkurs hatte gewinnen können, aber sonst kaum gepunktet hatte, stand Matildas erneuter Titelverteidigung in ihrem Cousinen-Wettstreit nichts im Wege.
Ihr Vater teilte ihr das Ergebnis nur mit einem gehobenen Daumen und kurzen Zwinkern mit.
„Läuft!“, sagte Matilda zufrieden und verabschiedete sich, um vor den anderen am Strand zu sein. Sie nahm sich ein Schokobrötchen, trank ein paar Schlucke Tee und ging am neben dem Büro liegenden Schulungsraum des *Sunny Beach* vorbei, in dem die theoretischen Grundlagen unterrichtet wurden.
Draußen schlug Matilda den kürzesten Weg ein, der sie über die Ponyweide führte. Dort standen Nena und Nuna um das

Heu herum, das Tante Maike ihnen in aller Früh gebracht haben musste, bevor sie sich einem weiteren Kunstwerk in ihrer Scheune widmete. Mittlerweile drang das Kreischen der Metallsäge bis zu Matilda.

Gleich hinter den Dünen, etwa fünf Minuten Fußmarsch vom Hof entfernt, lag der *Schuppen*.

Der Name täuschte. Der Schuppen war ein weißes Strandhaus im Hang der Düne, zum Meer hin auf Stelzen ruhend und mit einer breiten, ebenfalls weißen Veranda ausgestattet. Dort relaxten die Schüler nach den Kursen und genossen den Sonnenuntergang.

Die Fahnen der Surfschule flatterten im Wind, als Matilda aufschloss und die Fenster im Aufenthaltsraum öffnete, um frische Seeluft hereinzulassen. Sie kontrollierte die Umkleiden und nahm die neben der Küche liegende Treppe nach unten in den Lagerraum. Das war das Herz des Schuppens und somit des gesamten *Sunny Beach*.

Hier standen die Boards und Riggs. Die Neoprenanzüge hingen nach Größe sortiert an Kleiderstangen. Mehrere Sofas luden zum Chillen ein, so dass niemandem langweilig wurde, während er wartete, bis alle umgezogen waren.

Matilda schob das Tor des Lagers auf und … stand Valerie gegenüber, die an ihrem Schlüsselbund herumfummelte.

Himmel, musste ihre Cousine immer wie ein Geist auftauchen? Konnte sie nicht *einmal* wie ein normaler Mensch auf Matilda zukommen, statt sie ständig zu erschrecken?!

Valerie schaute auf. Ihre Augen verengten sich, als sie Matilda sah. „Ich hoffe für dich, du hast nichts durcheinandergebracht.“

Okay, offenbar hatte Valerie bereits von ihrer Niederlage im Wettbewerb um die Anmeldungen erfahren. Aber daran hätte sie mittlerweile gewöhnt sein müssen. Kein Grund also, Matilda anzutröten wie ein Nebelhorn.

Matilda schob das Kinn nach vorn, wollte zu einer Erwiderung ansetzen und – nein! Sechs wunderbare Wochen lagen vor ihr. Dieses Gefühl ließ sie sich nicht von einer pampigen Valerie verderben.

Sie grinste ihre Cousine an. „Mit keiner Fingerspitze habe ich etwas berührt, o Herrin der Neoprenanzüge.“

Das Seepferd spielte sich seit letzter Saison auf wie die Chefin persönlich. Niemand hatte ihr den Posten der Aufpasserin übertragen. Trotzdem ging Valerie jedem auf den Keks, wenn ein Schuh oder Schot auch nur einen Zentimeter neben seinem angestammten Platz hing oder lag.

Nicht, dass Valerie einen Ordnungsfimmel hatte – im Gegenteil. Ihr Zimmer auf dem Bossenhof sah meistens so aus, als hätte ein Tsunami das Haus überrollt.

Klar also, dass es Valerie nur um eine weitere Gelegenheit

ging, andere anzupfeifen und herumzukommandieren. Schon oft hatte es deshalb Zoff gegeben.
Matilda schob sich an ihrer Cousine vorbei. „Achtung", sagte sie und deutete auf Valeries Stirn. „Böse gucken macht Falten."
Seepferds Mund klappte auf, aber Matilda trat schon in die Sonne und begrüßte zum zweiten Mal an diesem Morgen ihren Vater mit einem Küsschen auf die Wange. Onkel Sven und Jan waren mitgekommen. Emmy kümmerte sich offenbar wieder mit ihrer Mutter, Matildas Tante Hille, um den montäglichen Großeinkauf.
„Moin, moin", sagte Onkel Sven. Er war zwei Jahre älter als sein Bruder und hatte den gleichen blonden Wuschelkopf, ragte damit aber nicht aus einer Menschenmenge heraus wie Matildas Vater. Matilda verglich ihren Paps im Stillen mit einer hoch aufgeschossenen Segelyacht, während Onkel Sven am ehesten an einen dickbäuchigen Fischkutter erinnerte, der gemütlich übers Meer tuckerte.
Jan trottete in Shorts und mit nacktem Oberkörper hinterher, auf seiner Brust prangte ein auffälliges Tattoo im Maori-Stil. Er nuschelte ein an Matilda gewandtes „Hi" und lief gähnend die Treppe im Lagerraum nach oben, sicher, um sich sein zweites Frühstück zu genehmigen.
„Moin, Digger." Matilda grinste breit. *Digger* gehörte norma-

lerweise nicht zu ihrem Wortschatz, wohingegen Jan alles, was laufen konnte, so ansprach. Dass sie ihren Cousin auf den Arm nahm, wenn sie ihn so nannte, checkte er nicht. Wie so vieles.

„Leinen los!" Onkel Sven klatschte in die Hände. „Dieses Jahr haben wir einen Rekord an Anmeldungen. Viele Leute waren schon letzten Sommer auf der Insel und haben jetzt einen Aufbaukurs belegt. Das zeigt, dass wir gute Arbeit geleistet haben. Das erwarten die Gäste auch diesmal von uns."

An Matilda sollte es nicht scheitern. Die Frage war nur, ob Jan und Valerie es schafften, so viele Kurse zu betreuen. Sie waren schon in der letzten Saison am Limit gewesen. Matilda war mit ihren Minis gut beschäftigt, und natürlich wollte sie in den Sommerferien nicht nur schuften, sondern auch Zeit mit ihren Freundinnen verbringen oder für sich haben. Andererseits … vielleicht war das die Chance, auf die sie gewartet hatte!

„Ich könnte einen Kurs für die Fortgeschrittenen leiten", sagte sie. „Zeitlich würde das passen. Wir könnten ihn auf Mittwoch legen, da machen die Minis Pause, und …"

„Das Thema hatten wir schon." Onkel Sven blieb auf dem Weg in den Lagerraum stehen und tätschelte ihr die Schulter. Matilda machte einen Schritt zur Seite. Onkel Sven seufzte. „Warte noch zwei, drei Jahre, dann bist du so weit."

„Ich bin jetzt schon gut genug. Das wisst ihr!", rief Matilda.

„Nun ja." Onkel Sven ließ sich nicht aus der Ruhe bringen. „Wie gesagt, noch zwei, drei Jahre, dann reden wir wieder darüber. Ich denke, da sind wir einer Meinung, Nils?"

Matilda sah sich nach ihrem Vater um.

Was hatte die steile Furche zwischen seinen hochgezogenen Brauen nun schon wieder zu bedeuten? Er bestätigte ihr doch immer wieder, wie gut sie für ihr Alter auf dem Board war.

War sie zu laut geworden? Sie musste in normalem Ton fortfahren. Das hier war wichtig, sehr wichtig sogar. Keinesfalls wollte Matilda zickig erscheinen. Aber bevor sie etwas sagen konnte, hörte sie die nervige Stimme von Valerie aus dem Lagerraum: „Ist das eine Schot für ein Kindersegel oder für ein normales?"

Sie kam ins Licht und hielt ein verschlungenes Knäuel hoch. Sie funkelte Matilda an. Dann veränderte sich ihre Miene, als sie sich an Onkel Sven wandte: „Die lag einfach so auf dem Boden. Ich weiß ja nicht, wer das war", ihr Blick ging wieder vorwurfsvoll zu Matilda, „aber ist es denn zu viel verlangt, seine Seile ordentlich aufzuschießen? Das heißt *aufwickeln* oder *zusammenlegen*, falls es manche hier immer noch nicht begriffen haben."

Matilda schnappte nach Atem. Das war doch unglaublich!

Sie war erst gestern hier gewesen, vor der Party. Da war alles ordentlich aufgeräumt gewesen. Eine auf dem Boden liegende

Schot, für die sie zuständig war, wäre ihr aufgefallen. Tausendprozentig!

„Du hinterhältige …“, zischte sie und machte einen Schritt auf Valerie zu.

„Ho, ho, ho.“ Ihr Vater schob sich zwischen sie und Valerie und schirmte sie auf diese Weise gleichzeitig von Onkel Sven ab, damit dieser ihre Reaktion nicht mitbekam.

„Aber ich war das nicht!“, protestierte Matilda. Das musste ihr Vater doch wissen! Zweifelte er etwa auch an ihr?

„Vielleicht ist es heruntergefallen“, sagte er und schüttelte den Kopf, als Matilda widersprechen wollte. Er zog sie einige Meter von den anderen weg Richtung Meer.

Sie traten aus dem schützenden Windschatten des Schuppens, so dass Matilda die Haare ins Gesicht wehten. Sie verschränkte die Arme und blickte ihren Vater herausfordernd an.

„Du glaubst doch selbst nicht, dass es nur runtergefallen ist, oder? Dabei hätte es sich niemals so verknotet. Das war Valerie, ganz klar.“

„Das ist nicht der Punkt“, sagte ihr Vater kopfschüttelnd. „Wieder einmal. Ich glaube zwar auch, dass du gut genug für die besseren Surfer wärst.“ Matildas Herz machte einen Satz. „Aber ich stimme Sven zu. Du bist noch nicht so weit. Und das hat einen einfachen Grund. Du hast deine Gefühle nicht unter Kontrolle. Als Kursleiterin kommt es darauf an, immer einen kühlen Kopf zu bewahren, um richtig entscheiden zu können."

„Tu ich doch!"

„Ach ja?" Nils hob wieder die Brauen. „Gerade eben wärst du Valerie am liebsten ins Gesicht gesprungen! Und das vor Sven." Er hob die Hände. „Es kann sein, dass sie dich provozieren wollte ..."

„Natürlich wollte sie das!"

„Na, das ist ihr dann ja gelungen." Er senkte die Stimme und streckte die Hand nach Matilda aus. Matilda machte wieder einen Schritt zurück. Darauf konnte er lange warten, dass sie jetzt auf Schmusekurs ging! Er nickte und ließ den Arm sinken. „Wenn es dir so wichtig ist, die Fortgeschrittenen zu unterrichten, musst du gelassener bleiben. Du hättest einfach nicht darauf eingehen dürfen, Matilda. Niemandem wird der Kopf abgerissen, wenn einmal eine Schot nicht aufgeschossen ist oder ein Brett falsch steht. Aber deine Reaktion war nicht angemessen. Begib dich nicht auf ihr Niveau."

„Sie darf sich wie im Kindergarten verhalten und als Belohnung dafür die Großen trainieren! Und ich bleibe ewig bei den Minis, nur weil ich ehrlich meine Meinung sage, oder wie?! Das ist unfair!"

„Es ist für dich also eine Strafe, die Kids zu übernehmen? Ich dachte bisher, das macht dir Spaß?"

Nein. Ja. Mann, logisch machte es ihr Spaß! Sie konnte sich keinen schöneren Ferienjob vorstellen, als die Kids zu trainieren – außer eben, auch mal mit den Fortgeschrittenen draußen zu sein. Und überhaupt: Sie hatte ihren Vater auf einen Widerspruch in seiner Argumentation hingewiesen, aber er hatte nichts Besseres zu tun, als jedes *ihrer* Worte auf die Goldwaage zu legen? Besser, sie sagte jetzt gar nichts mehr!
Sie schielte an ihm vorbei zu Valerie. Diese fiese Krabbe hatte sie voll erwischt! Es würde Tage dauern, ihren Vater davon zu überzeugen, dass sie sich doch unter Kontrolle hatte. Und bis dahin konnte sie jedes weitere Gespräch darüber knicken, dass sie einen Fortgeschrittenenkurs übernahm. Na, danke!
Den Rest des Morgens war sie Valerie aus dem Weg gegangen, auch wenn es ihr schwergefallen war. Zu gern hätte sie ihre Cousine zur Schnecke gemacht. Aber genau das war es, was Valerie wollte: dass Matilda ausflippte und dabei kindisch wirkte. Da musste sie ihrem Vater leider Recht geben.
So hatte sie sich damit begnügt, sich insgeheim die spektakulärsten Unfälle für das Seepferd auszumalen, bei denen ein Surfbrett, eine Motoryacht und deren sich schnell drehende Schiffsschraube eine Rolle spielten.

Jetzt aber konzentrierte Matilda sich wieder auf ihren Mini-Kurs und die Kids, die versuchten, sich bäuchlings auf die

Bretter zu legen. Sie runzelte die Stirn, weil sich Finn und Silas im seichten Wasser gegenseitig vom Board schubsen wollten, statt die Balance zu halten. So war das aber nicht gedacht gewesen! Trotzdem süß, wie viel Spaß die beiden hatten. Matildas Mundwinkel hoben sich und …

„Hey, ich freue mich auch, dich zu sehen!"

Matilda blinzelte dreimal. Diese Stimme kannte sie. Und den Typen, der im eng anliegenden Neoprenanzug und mit einem Board unter dem Arm zu ihr ins Wasser watete, kannte sie auch.

„Sorry, dass ich zu spät bin. Was habe ich verpasst?"

Strandwette mit Folgen

Was sollte das werden? Hockten in den Dünen irgendwelche Komiker und filmten ihr verdattertes Gesicht, um ihre Reaktion als witziges Video bei YouTube hochzuladen? Freunde von Lasse vielleicht, der gerade grinsend auf sie zuschlenderte?

„Was machst du denn hier?“ Matilda breitete fragend die Arme aus.

„Na, ich bin zu deinem Kurs angemeldet. Ziemlich kurzfristig, zugegeben, aber dein Vater meinte, es reicht noch.“ Lasse strich sich mit einem Finger die Haare aus der Stirn, die aber sofort wieder zurückfielen und seine Sicht einschränkten. Das Brett, das ihm Matildas Vater offenbar gleich in die Hand gedrückt hatte, hielt er lässig unterm Arm.

Ziemlich cool. Obwohl es auf Grund der Entfernung kaum zu sehen war, blitzten seine bernsteinfarbenen Augen im Licht der sich auf den Wellen spiegelnden Sonne bis zu ihr herüber.

Zum Glück saß Matilda auf ihrem Board im Wasser. An Land wären ihr die Knie wahrscheinlich wabbelig geworden wie an den Strand gespülte Quallen. Aber auch hier, in ihrem Element, stolperte ihr Herzschlag, während sie Lasse anstarrte und zu verstehen versuchte, warum er wirklich hier war.
Hinter ihr platschte es. Finn jubelte, Silas schnappte nach Luft, als er wieder auftauchte. Auch den anderen Kids wurde es offenbar zu öde, dabei zuzusehen, wie Matilda Lasse anstarrte, als wäre er Moby Dick mit einem Partyhütchen auf dem Kopf. Sie suchten sich ihrerseits Partner und machten es Finn und Silas nach.
Matilda hob die Hand in Richtung Lasse – „Moment" – und wandte sich der Gruppe zu: „Paddelt alle mal weiter im Kreis, wie Torben es gezeigt hat." Sie beschrieb mit dem Arm einen Bogen. „Immer um mich herum. Die Paddel gleichmäßig ins Wasser setzen und auf euer Gleichgewicht achten."
„Soll ich auch?" Lasse legte das Board aufs Wasser und stützte die Hände darauf ab. Erwartungsvoll blickte er Matilda an.
„Langsam." Matilda schloss für einen Moment die Augen und schüttelte den Kopf. „Du gehörst bestimmt nicht in meine Gruppe. Ich betreue nur die Kleinen."
Lasse richtete sich wieder auf und zuckte die Schultern. „Dein Vater meinte, es wäre kein Problem, bei dir noch mitzumachen, wenn ich gleich heute anfangen will."

„Woher kommt denn dein plötzliches Interesse am Windsurfen? Und dann muss alles hopplahopp gehen?“

Lasse grinste. „Man entwickelt sich weiter, oder? Ich kann es kaum abwarten, endlich auf dem Board zu stehen.“

Matilda biss sich auf die Lippen. Ging es ihm wirklich darum, so schnell wie möglich das Windsurfen zu lernen? Oder hatte er nach einer Möglichkeit gesucht, sie zu treffen?

Etwas in ihr freute sich unbändig, ihn zu sehen. Aber sie zwang sich, ihre Gefühle zu verbergen. Er würde nicht erleben, dass sie vor Freude eine Rolle im Wasser drehte.

Endlich fand sie ihre Sicherheit wieder. Lasse hatte sich sie als Coach ausgesucht, warum auch immer. Das konnte er haben. Sie war bereit. Zeit, herauszufinden, ob er es ebenfalls war.

Wenn er in ihrem Kurs mitmachen wollte, galten für ihn die gleichen Regeln wie für die anderen Teilnehmer. Verschärft, weil er schließlich ein paar Jahre älter war als die Kids!

Wieder stützte er die Hände aufs Board und wollte ein Bein herumlegen, um genau wie die anderen die Balance auf dem Brett zu üben.

„Stopp“, rief Matilda. „Wir hatten bereits einige Vorübungen, die musst du erst noch machen.“

„Aber das Brett hat er schon allein zum Wasser getragen!“

Jenny paddelte an Matilda vorbei und grinste Lasse an. Der Zwerg bekam wohl jeden Pieps mit.

„Richtig, Jenny.“ Matilda legte den Kopf schräg, als sie wieder zu Lasse sah. „Dann müsste unser Neuzugang nur noch einmal unter dem Brett durchtauchen.“

„So?“ Lasse sog die Luft ein, pustete die Wangen auf wie ein Kugelfisch und hielt sich die Nase zu, bevor er wie ein Sack Steine unter Wasser ging.

Mittlerweile hatten alle Kids aufgehört, ihre Runden zu drehen, und lachten sich kringelig.

Prustend kam Lasse an derselben Stelle wieder hoch und schüttelte sich mit einer Wasserfontäne die Haare aus der Stirn.

Matilda grinste schief. „Wenn das alles ist, was du draufhast, dann buch lieber einen Kurs zur Wassergewöhnung.“

Lasse faltete die Hände vor der Brust und machte ein Welpengesicht. „Gib mir eine letzte Chance, bitte, Meisterin!“, rief er mit verstellter Stimme.

Die Kids lachten sich weg. Die standen auf seine Show.

Auch Matilda musste sich ein Kichern verkneifen.

„Ich weiß nicht, ob dich das weiterbringt, aber …“

Er hob den Zeigefinger, zog die Brauen hoch und hüpfte dann mit einem Satz in den Kopfsprung. Seine Füße drangen an die Wasseroberfläche und machten eine Bewegung wie die Finne eines untertauchenden Wals.

Okay, das war elegant. Er hatte mehr Körpergefühl als angenommen.

Durch das klare Wasser sah Matilda, wie Lasse mit kraftvollen Zügen unter dem Board hindurchtauchte. Auf der anderen Seite machte er eine Drehung, immer noch unter Wasser, kehrte zurück und wiederholte dies viermal, bevor er mit einem 100-Watt-Lächeln wieder auftauchte und die Arme ausbreitete. „Ihr dürft jetzt applaudieren!"
Die Kids taten das sofort, aber Matilda schüttelte den Kopf. Was machte der Typ für eine Welle?
„Hier bekommt keiner eine Extrabehandlung", sagte sie. „Du solltest *einmal* unter dem Board durchschwimmen. Du hast das achtmal getan. Es geht hier auch darum, dass du dich an meine Anweisungen hältst und nicht dein Ding durchziehst."
Lasse wurde ernst und nickte ein paarmal nachdenklich. „Okay, sehe ich ein. Kann ich jetzt paddeln?"
„Nein, kannst du nicht. Ich will erst einmal sehen, ob du überhaupt auf dem Board stehen kannst."
„Boah ey, das durften wir nicht!", rief Torben.
„Das ist bei euch der nächste Schritt", erklärte Matilda über die Schulter. „Bei Lasse ziehen wir das vor. Er ist größer und älter als ihr. Macht ihr ruhig weiter. Ausdauer gehört zum Basistraining."
Die Kinder nahmen die Runden wieder auf, widerwillig, und Lasse starrte auf sein Board. „Echt jetzt? Ich soll mich einfach so *da* draufstellen?"

Matilda zuckte die Achseln. „Das hört sich schwieriger an, als es ist. Aber für einen Crack wie dich ist das easy, oder?"
„Wenn du meinst…" Lasse schien die Lust am Herumkaspern vergangen zu sein. Er zog das Brett zu sich heran, seine Zunge fuhr kurz über die Lippen, als er sich konzentrierte.
Er schaffte es mit einem Knie aufs Brett – und fiel in der nächsten Sekunde kopfüber ins Wasser. Die Kids jubelten.
Matilda schürzte die Lippen und verschränkte die Arme. „Na los, du hast noch zwei Versuche."
Lasses angespannter Miene sah man an, wie viel Mühe er sich gab. Diesmal schaffte er es, kurz auf allen vieren auf dem Brett zu balancieren. Aber er bekam schnell wieder Übergewicht, kippte zur Seite weg und platschte ins Wasser.
„So wird das aber nichts, du Überflieger."
Lasse spuckte einen Schwall Wasser aus und schüttelte sich. „Das liegt nur daran, dass du mir eine Aufgabe gestellt hast, die man am ersten Tag nicht lösen kann."
Hallo? Beschwerte er sich jetzt auch noch? *Er* hatte doch unbedingt zu ihr gewollt. *Sie* hatte nicht darum gebeten, dass er hier aufkreuzte.
„Ich dachte, du wolltest gleich zeigen, was du kannst", sagte sie. „Bitte schön, hier hast du die Gelegenheit. Also los, dritter und letzter Versuch!"
Lasse sah sie an. Plötzlich schmunzelte er, und ein Leuchten

trat in seine Augen. „Wenn ich's schaffe, gehst du heute Abend mit mir ins Kino."

Matilda klappte der Mund auf. Einen Moment lang war sie sprachlos. Hatte sie es doch gewusst! Es ging ihm gar nicht darum, surfen zu lernen. Er war ihretwegen hier.

Andererseits … was konnte schon passieren, wenn sie die Wette annahm? Er würde es im Leben nicht schaffen, auf dem Brett zu stehen.

„Okay", sagte sie. „Und wenn du es vermasselst, wirst du brav alles machen, was ich sage."

„Deal!" Lasse fuhr sich wieder über die Lippen und fixierte das Brett, als könne er es damit dazu bringen, stabil auf dem Wasser zu liegen.

Grinste er dabei? Matilda beschattete die Augen mit einer Hand an der Stirn, um ihn gegen das gleißende Sonnenlicht besser sehen zu können.

Was, wenn es ihm wirklich gelang? Wenn sein Auftritt wieder nur Show gewesen war, wie vorhin beim Tauchen?!

Hätte sie dieses Jahr die Fortgeschrittenen übernehmen dürfen, wäre Lasse nie in ihre Gruppe gekommen. Ihr Vater war schuld, dass sie jetzt in so einer Situation steckte, weil er sie immer noch bei den Minis ließ! Onkel Sven war schuld, weil der nicht sehen wollte, wie gut sie schon war. Und das Seepferd war sowieso an allem schuld.

Jetzt saß sie hier mit den zugegebenermaßen süßen Kiddies in Ufernähe und musste zusehen, wie sie sich entweder ein Date eingehandelt hatte, ohne es zu wollen – oder wie sie Lasse auf elegante Art wieder loswurde. Matilda presste die Lippen aufeinander. Warum pikste der Gedanke, Lasse tatsächlich zu vergraulen, wie der Tritt in eine spitze Muschel?! Verflixte Möwenschiete, war das kompliziert!
Wieder schaffte es Lasse auf alle viere. Diesmal hielt er das Brett ruhiger. Die Kids paddelten johlend um ihn herum.
„Du packst das!"
„Gib alles!"
Lasse setzte einen Fuß aufs Board, den zweiten daneben. Die Hände hielt er noch auf dem Brett, aber langsam richtete er sich auf, die Arme von sich gestreckt, die Knie leicht eingeknickt. Das sah sooo übel nicht aus. Matilda grinste und … Stopp! Hallo? Wenn er tatsächlich oben blieb, musste sie am Abend mit ihm ins Inselkino gehen! Nicht, dass der Gedanke, allein mit ihm zu sein, irgendwie unangenehm wäre – aber *zusammen ins Kino gehen* gehörte hundertpro in die Kategorie „Date", oder? Das ging gar nicht.
Ha!
Lasse kämpfte um sein Gleichgewicht. Er ruderte mit den Armen, schwankte hin und her, taumelte – und kippte mit einem Ruck nach hinten!

Er landete mit dem Rücken auf dem Wasser, das Brett schoss mit einem Affenzahn nach vorn … geradewegs auf Jenny zu, die nicht mehr paddelte, sondern von ihrem Board gerutscht war und danebenstand!

Matilda hörte den dumpfen Aufprall, dann einen schrillen Schmerzensschrei, der blubbernd unterging.

Matilda glitt von ihrem Board.

Schnell!

Da war Jenny. Matilda zog sie kraftvoll an den Armen nach oben. Jenny japste nach Luft und heulte gleichzeitig. Sie hielt sich die linke Seite des Kopfes. War sie verletzt? Es war kein Blut zu sehen.

Keine Sekunde später war Lasse schon neben Matilda. Während sie die Kleine hochhob, strich er ihr mit beiden Händen die Haare aus dem Gesicht.

„Das wird eine fette Beule", meinte er mit Blick auf die Stelle, die bereits deutlich anschwoll. Lasses Stimme klang rau. „Oh, Mann, so sorry. Tut mir echt leid!"

Matilda schüttelte den Kopf. „Das war meine Schuld. Ich hätte dich nicht mitten unter den Kids aufs Board steigen lassen sollen." Was hatte sie sich nur dabei gedacht?

„Ich bin so verdammt ungeschickt", beharrte Lasse.

Jenny schluchzte immer noch. Die anderen Minis waren von ihren Brettern heruntergeglitten und umringten sie betroffen.

Hanna war schon ganz bleich geworden. Himmel, nicht, dass sie auch noch umkippte!
Matilda blickte in die Runde. Jetzt keine Panik aufkommen lassen! Sie versuchte, die Kids aufmunternd anzulächeln. Bloß nicht zeigen, wie beunruhigt sie war.
„Jenny ist gleich wieder auf dem Damm. Lasse und ich verarzten sie jetzt. Und ihr nehmt eure Boards und wartet so lange am Ufer. Keiner geht ohne mich ins Wasser, ist das klar?"
Die Kinder gehorchten und wateten mit langen Schritten zum Strand. Matilda und Lasse folgten ihnen mit Jenny auf dem Arm. Die Kleine hatte die Hände um Matildas Nacken gelegt und drückte das Gesicht an ihre Schulter. Sie hatte aufgehört zu weinen.
Das war ein gutes Zeichen, dachte Matilda. Oder ein ganz schlechtes.

Raus aufs Meer!

Jenny schniefte. Ihre Augen waren rot verquollen, auf ihrer Stirn zeichnete sich eine pflaumengroße Beule ab. Matilda hockte vor ihr im Sand und hielt sie an den Schultern, während sie ihr ins Gesicht blickte. „Kannst du gehen?"
Jenny nickte. „Ja, ist nicht so schlimm. Ich habe mich nur voll erschrocken."
„Trotzdem müssen wir das kühlen. Gib mir deine Hand." Matilda richtete sich auf und ergriff Jennys Rechte. Lasse hielt sich an ihrer linken Seite und nahm ebenfalls ihre Hand.
Die anderen Minis saßen neben ihren Boards im Sand und schauten erwartungsvoll zu ihnen herüber.
„Es wird nicht lange dauern", sagte Matilda. „Das hat heftiger ausgesehen, als es tatsächlich ist. Ihr bleibt bitte hier, wir sind gleich zurück."
„Machen wir, Matilda", sagte Torben mit dem ganzen Ernst eines Grundschülers.

Matilda und Lasse führten Jenny den warmen Strand hinauf in die Kühle des Lagerraums im *Sunny Beach*. Von Jan, der eigentlich auf der Veranda die Stellung halten sollte, war nichts zu sehen. Wahrscheinlich gönnte er sich drinnen Frühstück Nummer drei. Das war okay. Der Zwischenfall musste ja nicht gleich die Runde machen.

Matilda bugsierte Jenny auf eins der Sofas. Der Lagerraum war so ausgestattet, dass es nichts ausmachte, wenn der Boden nass wurde. Die kunstledernen Bezüge der Sofas verhinderten, dass die Polster sich vollsogen. Wenige Schritte entfernt war ein Regal, in dem sich Verbandskompressen und Eisspray befanden. Matilda befeuchtete den Mull am Schlauch, der außen am Lagerraum angebracht war, und eilte wieder zu Jenny und Lasse. Sollte das nicht reichen, würde sie nach oben gehen und eines der Icepacks holen müssen, die im Kühlschrank lagen. Kein schöner Gedanke, denn dort wuselte Onkel Sven herum.

„Schau mir mal in die Augen, Jenny." Lasse ging dicht an das Mädchen heran. Er wusste offenbar genau wie Matilda, dass man an der Weitung der Pupillen erkennen konnte, ob es innere Blutungen gab.

Matilda hatte sich neben ihn gehockt.

„Meinst du, wir müssen einen Arzt rufen?"

Lasse antwortete nicht sofort und wandte sich zunächst wie-

der der kleinen Verletzten zu. „Hast du Kopfschmerzen oder Schwindel?"
Jenny schüttelte den Kopf. „Mir geht's gut. Ich will zum Wasser." Sie stützte sich auf die Ellbogen und wollte aufstehen. Mit einem Grinsen schob Lasse sie sanft an den Schultern zurück: „Nun mal langsam. Ist dir schlecht? Hast du das Gefühl, du müsstest dich übergeben?"
„Kein bisschen", sagte Jenny und richtete sich auf.
„Sollen wir deine Eltern anrufen, damit sie dich abholen?", erkundigte sich Matilda.
„Bloß nicht! Mir geht's richtig, richtig gut! Meine Mama macht einen Mordsaufstand, wenn sie mich abholen soll. Die lässt mich nachher gar nicht mehr surfen!" Sie blickte Matilda flehend an. „Hast du einen Spiegel?" Beim Lächeln zeigte Jenny ihre langen Vorderzähne, die ein bisschen an ein Häschen erinnerten.
Matilda griff hinter sich und nahm einen Handspiegel vom Regal. Sie reichte ihn der Kleinen, die sich staunend betrachtete. „Boah, das ist ja ein Megading. Voll fett." Sie tippte mit dem Finger auf die Beule. „Darf ich jetzt zu den anderen?" Sie sprang auf. Ehe Lasse und Matilda sie zurückhalten konnten, stürmte sie hinaus.
Lasse schmunzelte. „Mit so einer Beule ist sie die Heldin des Tages."

Matilda stieß erleichtert die Luft aus. „Puh, krass."
Ihre Knie wurden weich, und sie rutschte am Sofa entlang auf den Boden. Nur kurz die Augen schließen. Es war nur die Aufregung, die sich jetzt, da die akute Gefahr gebannt war, zeigte. Alles easy!
Lasse ließ sich neben ihr nieder. Sein Bein berührte ihres. Er legte seinen Arm um ihre Schultern.
„Hey", sagte er. „Alles in Butter."
„Sag ich doch", murmelte Matilda. „Ich meine, weiß ich doch. Ja. Also nein, Quatsch, nichts ist in Butter. Ich hätte dich nie aufs Brett schicken sollen. Das war voll daneben. Tut mir leid."
„Ich hätte nicht runterfallen sollen. Das war noch viel mehr daneben", erwiderte er mit einem kleinen Lächeln. „So was passiert, Matilda. Jenny hat das locker weggesteckt."
Matilda nickte. „Zum Glück", murmelte sie. „Aber was hätte passieren *können?* Das ist gerade noch mal gutgegangen."
„Schade, dass ich meine Wette verloren habe", seufzte Lasse. „Gibt es einen Trostpreis? Eisessen an der Strandpromenade vielleicht?"
Matilda wandte den Kopf und sah ihn an.
Vor einer halben Minute war nicht sicher gewesen, ob eine ihrer Kleinen ins Krankenhaus musste oder nicht. Sie war fix und fertig – und er dachte an nichts anderes, als sich mit ihr

zu treffen?! Das war … extrem daneben. Hartnäckig. Und irgendwie auch süß.

Er lächelte sie an, dass die Schmunzelgrübchen in seinen Wangen ihr zuzuwinken schienen: *Was ist los, Matilda, verlieb dich in uns.*

Seine Augen blitzten, Lichtreflexe von draußen spiegelten sich darin, und trotzdem strahlten sie eine große Ruhe aus. So wie Matilda es nur kannte, wenn sie auf dem Board stand oder an ihrem Geheimplatz am Rande der Dünen lag.

Wie sollte sie das aushalten, wenn er ihr so nah kam? Wie sollte sie cool bleiben, wenn er so mit ihr sprach?

Entschlossen sprang sie auf und lief nach draußen. „Ein Trostpreis war nicht abgemacht."

Sie spürte, dass Lasse ihr langsam folgte, als sie auf halber Strecke über den Strand war. Mit federleichten Schritten hüpfte sie über Muscheln und kleine Steine, Reste von einem Fischernetz und hölzerne Treibgutstücke hinweg.

Was nun? Sollte sie die restliche Stunde lang so tun, als wäre nichts geschehen? Das brachte sie nicht fertig.

Aus dem Augenwinkel entdeckte sie Valerie und stoppte, als ihr plötzlich eine Idee kam. Matilda änderte die Richtung und stürmte vom Meer weg auf sie zu.

Ihre Cousine schlenderte von den Dünen herunter, wo sie ihre Kursteilnehmer verabschiedet hatte. Ein paar wenige stiegen die Veranda des Schuppens nach oben, um mit einem kühlen Drink abzuhängen. Am Geländer trockneten Neoprenanzüge in der Sonne.

Valeries nächster Kurs fand erst in zwei Stunden statt.

Matilda atmete schwer, als sie ihre Cousine erreichte. Aber sie schaffte es zu lächeln. Unfassbar, wie sie sich freute, das Seepferd zu sehen!

„Valerie, du musst meine Minis übernehmen. Bitte!“

„Äh, aber ich …“

„Bitte! Nur dieses eine Mal. Es ist wichtig!“ Sie blickte zu den Kindern, die bereits herumwibbelten und auf weitere Anweisungen warteten. „Ich revanchiere mich, wenn es bei dir mal brennt. Ja?“

Es war ein gruseliges Gefühl, Valerie um einen Gefallen zu bitten. Aber was blieb ihr übrig, aufgewühlt, wie sie war? Sie musste erst den Kopf klar bekommen, bevor sie wieder Verantwortung für die Kids übernahm. Andernfalls müsste sie die Kleinen für heute nach Hause schicken, und das bedeutete: tausend Fragen, tausend Erklärungen.

Valerie hob theatralisch beide Hände. „Okay, okay, entspann dich. Ich mach's ja, wenn dein Leben davon abhängt.“

So konnte man das nennen, ja.

Im Moment schien alles in Matildas Leben drunter und drüber zu gehen. Erst die Begegnung mit Lasse auf der Party, ihr mosernder Vater, dann Lasses überraschendes Auftauchen in ihrem Kurs, ihre widersprüchlichen Gefühle für ihn, der Unfall im Wasser … Die nächsten sechzig Minuten würde sie bestimmt die mieseste Surflehrerin im Universum abgeben! Also besser in den sauren Apfel beißen und Valerie um diesen Gefallen bitten.

„Du bist ein Schatz“, presste Matilda mit schiefem Grinsen heraus. Sie winkte den Kleinen, deutete auf Valerie und hob einen Daumen. Dann stürmte sie zu den Boards. Lasse war inzwischen wieder bei der Gruppe angekommen und sah ihr nach.

Weg von ihm, nur weg!

Matilda rannte auf ihr Surfbrett zu, das zusammen mit den anderen Boards der Trainer und Profis nah am Ufer lag. In Windeseile hatte sie es aufs Wasser gebracht. Sie richtete im Wasser schwimmend das Segel aus und hob es so weit an, dass der Wind daruntergriff. Dann holte sie es dicht und ließ sich vom Segel in den Stand auf das Brett ziehen. Sie fing eine Bö ein und rauschte übers gekräuselte Weißwasser davon.

Immer noch, nach all den Jahren, in denen Matilda auf dem Surfbrett stehen konnte, fühlte es sich an wie fliegen, als sie nun aufs Meer hinausschoss, an den Bojen vorbei. Der Wind stand günstig, und sie zog ihre Bahnen in einem atemberaubenden Tempo. Das Meer unter ihr glitzerte und schäumte, die Wellen brachen sich am Board. Der Himmel über ihr war so weit, und sie schien eins zu werden mit diesem unendlichen Blau. Es kostete sie nicht die geringste Anstrengung, das Surfbrett so zu lenken, wie es ihr gefiel. Für einen Moment konnte sie sogar die Augen schließen. Sie fühlte den Wind und die aufspritzenden Tropfen in ihrem Gesicht. Strähnen lösten sich aus ihrem Zopf und flatterten um ihre Wangen. Sie spürte, dass sie lächelte, weil sie hier in ihrem Element war. Hier draußen gab es keine Zweifel, keine Unsicherheit. Hier konnten die Gedanken fließen. Nichts bedrückte sie, alle Probleme lösten sich in Luft und Wasser auf.

Jemand wie Lasse, der noch am Anfang des Surfens stand, würde solche Gefühle nicht verstehen. Egal, wenn er sie nun seltsam fand, weil sie vor ihm geflüchtet war.

Das Beste wäre, wenn er sich von nun an von ihr fernhielt. Wenn er einsah, dass sie keines der Inselmädchen war, die es toll fanden, einen Touri abzuschleppen. Dass sie nur etwas Ernstes wollte.

Und wie sollte das möglich sein bei jemandem, der 600 Kilometer entfernt wohnte? Selbst wenn sie sich näherkämen: Wie sollte sie damit fertigwerden, wenn er in ein paar Wochen abreiste? Er würde zu Hause von seiner Eroberung erzählen, vielleicht würden sie sich ein paar Nachrichten schicken, aber dann würden es weniger werden, sie würden sich fremd werden, und sie würde zurückbleiben mit einem gebrochenen Herzen und einer dicken Schniefnase. Nein, darauf hatte sie wirklich keinen Bock!

Besser ein Ende mit Schrecken als ein Schrecken ohne Ende. Obwohl das bedeutete, dass sie niemals herausfinden würde, wie es sich anfühlte, mit Lasse Hand in Hand zu gehen. Oder ihn vielleicht zu küssen.

Diese Gedanken mussten schnell verschwinden. Und dabei half nichts besser als das Surfen.

Sie machte eine Halse, hakte sich ins Trapez ein, stieg wieder in die Fußschlaufen und nahm Geschwindigkeit auf.

Von hier aus sahen die Menschen am Strand wie Spielzeugfiguren aus. Valerie demonstrierte den Minis aus ihrem Kurs auf dem Trockenen, wie man sich sicher auf dem Brett hielt. Lasse sah sie nicht. Ob er davongegangen war wie am Sonntag nach der Party? Matilda wollte ihn nicht aus der Surfschule vergraulen, bestimmt nicht! Aber er musste einsehen, dass aus ihnen beiden nichts werden konnte.

Schon wieder Lasse. Immer wieder drängte er in ihre Gedanken. Sie holte das Segel dicht und schoss mit dem auffrischenden Wind wie ein Pfeil dahin. Das tat gut! Sie würde Lasse vergessen, und sie würde es auch schaffen, dass er sich von ihr fernhielt. Sie brauchte nur noch etwas Zeit und ganz viel Wind und Sonne in den Haaren.

Möwenschiet und Quallenplage!

„Und dann hat sie verlangt, ich solle mich um den Mini-Kurs kümmern. Sie hätte keine Zeit. Ich konnte gar nicht so schnell reagieren, wie Matilda sich in die Wellen gestürzt hat! Aber selbstverständlich habe ich die Minis übernommen. Ich meine, was blieb mir übrig? Ich weiß ja im Gegensatz zu anderen Leuten hier am Tisch, dass ich Verantwortung habe."

Was für ein Auftritt!

Wie hatte Matilda auch nur eine Sekunde annehmen können, Valerie hätte ihr aus Nettigkeit geholfen?

Matilda schnappte nach Luft, um zu einer Erwiderung anzusetzen, als Onkel Sven sich zu Wort meldete. Wie alle anderen Bewohner des Bossenhofs saß er am Mittagstisch im Haupthaus vor Bratkartoffeln und Spiegeleiern. Er legte das Besteck ab und tupfte sich die Lippen mit der Papierserviette.

„Das geht überhaupt nicht, Matilda. Wir hören ständig, dass

du die Fortgeschrittenen betreuen willst. Aber solange du dich nicht erwachsener verhältst, wird das nichts."

Matilda warf einen hilfesuchenden Blick zu ihrem Vater, aber der kaute nur mit vollen Backen und beobachtete sie aufmerksam. Nein, den konnte sie zu ihrer Verteidigung vergessen, der war genauso angefressen wie alle anderen.

„Hattest du keinen Kurs am Vormittag, oder warum bist du alleine gesurft?", erkundigte sich Jan mit müden Augen. Matilda zog eine Grimasse, während Valerie ihm nun eine Extraerklärung für Matildas grobes Vergehen gab. Jan hatte mal wieder die Sturmwarnung verpennt.

„Was war denn los, Matilda?" Emmy beugte sich über den Tisch, um sich eine zweite Portion Kartoffeln aus der Pfanne zu nehmen. Sie sah ihre Cousine mitfühlend an. „So etwas machst du nicht ohne Grund." Emmy wusste genau wie Matilda, dass Valerie die Tatsachen gern zu ihrem Vorteil verdrehte. Nur die Erwachsenen checkten das nicht. Und Jan.

„Kann ich jetzt vielleicht auch mal was sagen?" Matildas Besteck schepperte auf dem Teller, als sie es zu hart ablegte. „Ja, ich weiß, ich hätte den Kurs durchziehen müssen, aber es ging nicht. Heißt es nicht immer, dass die Sicherheit an oberster Stelle steht? Ich war durch den Wind. Ich wäre keine gute Trainerin gewesen. Deswegen hielt ich es für besser, wenn ich mich ablösen lasse. Und ich habe Valerie *nicht* gezwungen, mich zu vertreten." Sie funkelte sie an, was Valerie nur mit einem abschätzigen Schnalzen quittierte. „Ich habe sie freundlich gebeten, für mich einzuspringen, und es hörte sich an, als würde Valerie das gerne übernehmen. Wenn sie abgelehnt hätte, wäre ich natürlich bei den Kids geblieben."

„Was hat dich denn so durcheinandergebracht?", wollte Emmy wissen.

Matilda spürte, wie sie rot wurde. Das wollte sie nun wirklich nicht im Familienkreis herausposaunen. „Tut nichts zur Sache", murmelte sie. „Aber ihr könnt mir glauben, dass es nicht gut gewesen wäre, wenn ich den Kurs weitergeführt hätte. Ich habe nicht überstürzt gehandelt, sondern mir sehr genau überlegt, dass es besser wäre, wenn jemand anders die Minis übernimmt."

„Hat es vielleicht damit zu tun, dass kurz zuvor ein Unfall passiert ist?", meldete sich Matildas Vater nun doch zu Wort.

Für ein paar Sekunden breitete sich Schweigen aus.

„Wie? Auch noch ein Unfall?", kreischte Valerie dann auf.

„Jetzt entspann dich mal, Valli", zischte Emmy ihr zu. „Scheint ja keine große Sache gewesen zu sein, wenn du es nicht mitbekommen hast, obwohl du dann bei den Kids warst, oder?"

Onkel Sven, Tante Hille und Tante Maike blickten Matildas Vater abwartend an. Die beiden Tanten hielten sich aus solchen Diskussionen meistens heraus. Tante Hille war nur darauf bedacht, dass alle beim Essen zulangten, und Tante Maike lebte mit ihren durchgeknallten Kunstwerken sowieso in einer Parallelwelt.

„Nun, Jennys Mutter hat mich kurz vor Mittag angesprochen. Ihre Tochter hat sich wohl eine Beule zugezogen", sagte Matildas Vater.

„Unfassbar!" Valeries Stimme klang schrill. Im Gegensatz zu ihrem Bruder besaß sie eine blitzschnelle Auffassungsgabe und schoss ihre Pfeile in Nanosekunden ab. „Wenn bei diesen Babyübungen schon ein Crash passiert, wie soll das dann erst in den höheren Gruppen werden?"

Matilda spürte, wie eine Ader an ihrer Schläfe anschwoll vor Wut. Am liebsten wäre sie aufgesprungen und hätte den Mittagstisch stampfend und türenknallend verlassen. Aber das hätte alles nur noch schlimmer gemacht. Sie musste diese Drama-Queen irgendwie stoppen.

„Ich soll dir ausrichten, Matilda", fuhr ihr Vater fort, „dass sich Jennys Mutter ganz herzlich bei dir bedankt. Und bei dem jungen Mann aus deinem Kurs. Ihr hättet das sehr toll gemacht mit Jenny. Sehr umsichtig, meinte sie."

Erst als Matilda die Luft ausstieß, merkte sie, dass sie den Atem angehalten hatte. Sie sackte erleichtert in ihrem Stuhl zusammen.

„Ja, das war blöd mit Jenny. Ihr ist das Übungsbrett an den

Kopf gestoßen. Wir haben die Stelle gekühlt und abgecheckt, ob sie mehr als diese leichte Verletzung hat. Aber sie war okay und wollte gleich wieder aufs Wasser."

„Oh, Mann, wie gruselig. Da hast du aber einen Schrecken bekommen, was?" Emmy langte zu Matilda und streichelte über ihren Arm.

Matilda lächelte sie dankbar an.

„Wie konnte das denn passieren?", bohrte Valerie nach.

Dem Seepferd passte offenbar nicht, dass sich die Sache zu Matildas Gunsten drehte.

„Es ist eben passiert", gab Matilda zurück. „Erinnerst du dich, dass einer deiner Kursteilnehmer fast ertrunken wäre, weil das Segel auf ihn gefallen ist und er sich darin verfangen hat? So etwas wünscht man sich nicht, aber man muss immer damit rechnen."

„Wer hatte einen Unfall, Digger?" Jan blickte auf, sah erst zu seinem Vater, dann zu Onkel Nils. Seine Wangen waren ausgebeult von Kartoffeln. Keiner beachtete ihn, und nachhaken war nicht sein Ding. Er zuckte die Schultern und schaufelte sich die nächste Fuhre in den Mund.

Valerie zog die Schultern hoch und widmete sich nun endlich widerwillig ihrem Essen.

„Es ist nicht besonders nett, mit dem Finger auf andere zu zeigen", sagte Onkel Sven zu Matilda. „Es geht um die Situation an diesem Vormittag, um nichts anderes. Ich hoffe, dass es nicht wieder vorkommt, dass du den Mini-Kurs jemand anderem aufdrückst, wenn du mit dir selbst nicht zurechtkommst. Wir haben nicht das Personal, um ständig jemanden zum Springen in Bereitschaft zu halten. Wir müssen uns auf euch alle verlassen können, auch wenn ihr mal einen schlechten Tag habt. Die Eltern vertrauen euch die Kinder an, ihr dürft sie nicht enttäuschen."

Matildas Vater nickte seinem Bruder zu. „Ich denke, Matilda hat das jetzt begriffen." Dann wandte er sich an Valerie: „Danke fürs Einspringen. Das war nett von dir."

Valeries Stirn lief rot an. Das Lob brachte sie in Verlegenheit.

Matilda war der Appetit vergangen. Die mit Ei vermengten Kartoffelbrocken sahen aus, wie sie sich fühlte.

„Ich bin fertig." Sie blickte ihren Vater an. „Es tut mir leid", sagte sie, dann stand sie auf und ging zur Haustür. Erst als sie draußen war, holte sie zitternd Luft und raste zum Anbau hinüber. Die Hände hielt sie zu Fäusten geballt, Tränen der Wut stiegen in ihr auf.

Sie war nicht nur zornig auf Valerie und Onkel Sven, sondern vor allem auf sich selbst. Warum war sie nur so verdammt impulsiv! Hätte sie sich nicht beruhigen können, indem sie ein paarmal tief durchatmete, bevor sie sich auf einen Haifisch wie Valerie verließ? Nichts wünschte sich Matilda mehr als einen kühlen Kopf, aber ihre Gefühle schossen immer wieder quer.

In ihrem Zimmer warf sie sich bäuchlings auf das breite Bett, auf dem eine riesige Patchworkdecke lag. Die hatte sie gemeinsam mit Emmy vor einem Jahr mit Rechtecken aus vielen bunten Stoffresten genäht. Sie verschränkte die Arme vor dem Gesicht und legte die Stirn darauf.

Schließlich nahm sie eines der vielen Kissen und umarmte es wie ein Lieblingskuscheltier. Die Schmusetiere aus ihrer Kinderzeit waren letzten Winter, als sie ihr Zimmer umgestaltet und die Wände in Fliederfarbe gestrichen hatte, in das oberste Fach ihres eingebauten Kleiderschranks gewandert. Sie wegzuwerfen, brachte sie nicht übers Herz, aber um sich Trost bei dem Teddy mit dem aufgeplatzten Bein oder einer abgeschmusten Stoffgiraffe zu holen, war sie mit ihren vierzehn Jahren eindeutig zu alt. Das ging gar nicht mehr. Das Kissen half auch.

Es fühlte sich so scheußlich an, allein zu sein. Auf dem Brett, wenn sie über die Wellen ritt, genoss sie die Einsamkeit. Aber in ihrem Zimmer schien ihr die Decke auf den Kopf zu fallen. Sie mochte ihr Reich, ganz klar, schließlich hatte sie es selbst so gestaltet, wie es ihr gefiel: der Hängestuhl aus geflochtenem Korb, von dem aus man durch die Fenster über die Dünen blicken konnte. Der Schreibtisch daneben, auf dem ihr Laptop und verstreute Schulbücher lagen, die Würfelregale, in denen Muscheln und Bücher, Pokale und gerahmte Fotos standen. Mittelpunkt des Zimmers war das riesige Bett, auf dem sie mit ihren Freundinnen chillte, wenn diese zu Besuch waren.

Aber irgendetwas fehlte heute.

Sie nahm das Smartphone, das sie von ihrem Sommergeld im letzten Jahr gekauft hatte. 500 Euro hatte sie dafür bekommen, dass sie während der Ferien die Mini-Kurse betreut hatte. Auch diesmal war das so vereinbart.

Sie wischte über das Display. Keine Nachrichten von Josy oder Merit. Klar, Josy musste beim Strandkorbverleih und im Souvenirladen ihrer Eltern an der Promenade helfen. Und Merit hatte Dienst im Familienhotel „Haus Schönborn“, das ihre Eltern betrieben, stets verbissen gegen die gigantische Konkurrenz der anderen Herbergen ankämpfend.

Selbst Emmy würde am Nachmittag nicht mit ihrem Kumpel Daniel abhängen. Für sie standen nach dem Mittagessen Materialpflege und Aufräumen im *Sunny Beach* auf dem Programm. Wenn sie sich nicht wieder davor drückte und lieber eine neue Buchbesprechung für ihren Video-Blog drehte.

Matilda legte das Handy neben sich. Später würde sie ihre Freundinnen fragen, ob sie vielleicht am Abend noch ein Stündchen zum Quatschen hatten. Wenn sie nicht zu geschafft waren nach dem langen Arbeitstag.

Sie griff unter ihr Bett in die herausziehbare Lade, auf der die zweite Matratze für Übernachtungsgäste lag. Dort hatte sie ihr Schatzkästchen versteckt. Sie zog das mit Muscheln und glitzernden Steinen beklebte Kistchen hervor, streichelte über den Deckel, fühlte die rauen Schalen, die glatte kühle Oberfläche der Kiesel.

Seit sieben Jahren begleitete sie diese kleine Kiste durch alle Hochs und Tiefs. Sie enthielt Matildas größte Schätze: ein paar handgeschriebene Notizzettel ihrer Mutter, in sauberen Druckbuchstaben an Matilda gerichtet, als sie gerade die erste Klasse besucht und mit dem Lesen begonnen hatte. *Butterbrot nicht vergessen*, stand auf einem. Auf einem anderen *Ich hab dich lieb*. Ihre Mutter hatte ein Faible für diese Nachrichten gehabt, und ihr Vater hatte sie alle aufgehoben.

Danke, Paps.

Die Fotos kannte Matilda in- und auswendig. Da war sie als Kleinkind im Punktekleid auf dem Arm ihrer Mama; beim Kindergarten-Lagerfeuer dicht beieinander auf einer Holzbank, während sie beide in die Kamera strahlten; unterm Weihnachtsbaum, als sie mit Mama ihr erstes Puppenhaus aufbaute. Auch ein paar Fotos, auf denen ihre Eltern gemeinsam vor der Kamera standen, gab es. Aber auf denen sah ihre Mama weniger happy aus als auf den Bildern mit ihr.

Außerdem befand sich ein Tuch in der Kiste, seidiger Stoff

in Moosgrün und verschiedenen Sandfarben. Verströmte er noch den Duft ihrer Mutter? Eher nicht. Sieben lange Jahre hielt sich auch der weltschönste Geruch nicht. Dennoch ließ Matilda den Schal gern durch ihre Finger gleiten und stellte sich vor, wie ihre Mutter ihn lässig um den Hals oder die Haare gewickelt hatte.

Eins ihrer liebsten Erinnerungsstücke war die silberne Kette mit dem Anhänger aus Bernstein. Wenn man den Stein gegen die Sonne hielt, funkelte er in zauberhaften Goldtönen und warf magische Punkte und Streifen an die Wand, wo sich das Licht brach.

Ihr größter Schatz aber war das Armband – das letzte Geschenk ihres Vaters an ihre Mutter. Es bestand aus einem Lederband und silbernen Ketten, an denen rund zwanzig verschiedene Anhänger baumelten. Jeder für sich hatte eine besondere Bedeutung für die Mutter gehabt. Und jetzt für Matilda.

Matilda holte tief Luft, aber es fühlte sich an, als wäre ihre Kehle zugeschnürt.

Sie sprang vom Bett und öffnete das Fenster. Der Wind wehte an diesem Nachmittag vom Meer her und pustete sie fast weg, zurück in ihr riesiges, aber einsames Zimmer.

Sie brauchte Leben um sich. Jetzt! Zu blöd aber auch, dass die Mädels keine Zeit hatten!

Sollte sie auf die Weide laufen zu Nena und Nuna? Nein, da fiel ihr etwas noch Besseres ein, und ihre Laune hob sich schlagartig. Sie würde ihr Schatzkästchen nehmen und auf den Heuboden in der Scheune steigen. Dort hatte Hofkatze Lucky vier Babys geboren, die inzwischen munter um sie herumsprangen und neugierig die Welt erkundeten. Ja, sie liebte es, mit den kleinen Tieren zu kuscheln und sie an sich zu drücken, sie bei ihren tapsigen Gehversuchen zu beobachten. Vielleicht hatte Matilda sogar Glück, und Tante Maike zog sich nach dem Mittagessen auf ein Nickerchen zurück? Zwar mochte sie ihre merkwürdige Tante sehr, aber auf den Lärm, den sie in der Scheune veranstaltete, konnte sie gut verzichten.

Sie hatte Pech – logisch an so einem Tag. Als sie wenige Minuten später in der Scheune war, ließ Tante Maike bereits das Schweißgerät zischen.

„Hallo, Tante Maike. Ich gehe nur zu den Katzen."

Tante Maike nickte ihr zu. Sie trug einen merkwürdigen Overall aus Sweatshirtstoff mit Kapuze, der aussah wie ein Strampelanzug für ein Riesenbaby, und eine riesige Schutzbrille. Tante Maike scherte sich nicht viel um ihr Aussehen. Ihre Werte waren mehr spiritueller und künstlerischer Natur.

„Geh nur. Ich … Möwenschiet und Quallenplage!"

Eine Metallstrebe fiel ihr scheppernd aus der Hand und rollte davon. Tankte Maike bückte sich, um sie zu suchen, und

streckte Matilda dabei den Hintern im Strampelanzug entgegen.
Matilda biss sich auf die Lippen, um ein Lachen zu unterdrücken. Niemand fluchte schöner als Tante Maike. Sie war eine waschechte Inselfrau und ein paar Jahre jünger als ihre beiden Brüder. Die Gelegenheiten, bei denen sie aufs Festland gereist war, konnte man vermutlich an fünf Fingern abzählen. Sie verließ den Bossenhof nur im Notfall oder unter Androhung von Gewalt.
Matilda stieg die Leiter hinauf. Lucky und ihre Babys begrüßten sie mit Miauen – Lucky mit satten brummigen Tönen, die Winzlinge piepsend. Zu niedlich!
Matilda stellte die Muschelkiste neben sich und streichelte ausgiebig die Mutterkatze, bevor sie eines der Kleinen aufnahm. Nicht, dass Lucky noch eifersüchtig wurde. Sie rieb mit der Nase an dem flaumweichen Fell, und tatsächlich begann die Babykatze zu schnurren. Matilda lächelte und streichelte mit einem Finger zart über das Köpfchen. Da kreischte Tante Maikes Metallsäge schon wieder los! Wie hielten die Tiere das nur aus?
Nein, für Matilda war das nichts. Im Gegensatz zu den Katzen hörte sie den Krach sonst nur gedämpft aus der Ferne und war nicht an ihn gewöhnt.
Gleichzeitig vernahm sie Stimmen von unten, die sie über den

Lärm hinweg nicht erkennen konnte. Nanu, wer kam denn da?

„Hier bist du!“ Valerie.

Himmel, hatte man denn nie Ruhe vor ihr?!

„Was hast du da?“ Der Blick des Seepferds glitt neugierig zu der Schatzkiste.

Matilda schob das Kästchen hinter ihren Rücken. „Das geht dich nichts an.“ Von ihrer Muschelkiste und dem, was es damit auf sich hatte, erfuhren nur sehr, sehr wenige Menschen. Im Grunde wusste nur ihr Vater davon. Und das würde sich definitiv nicht ändern.

„Jetzt mach dich mal nicht so wichtig“, erwiderte Valerie mit gerümpfter Nase. „Du sollst Emmy bei der Materialprüfung unterstützen, sagt mein Dad.“

„Dann sag du deinem Dad, dass ich meinen freien Nachmittag habe“, erwiderte Matilda. „Mit einem schönen Gruß von mir“, fügte sie bissig hinzu.

Valerie zuckte die Schultern. „Dein Problem, wenn du glaubst, du kannst dir das erlauben.“ Sie reckte noch einmal den Kopf, um einen Blick auf die Kiste zu werfen, aber Matilda rutschte ein Stück nach rechts, damit sie auch wirklich nichts sehen konnte.

„Ist noch was?“, erkundigte sich Matilda.

Valeries Kopf verschwand, als sie die Leiter hinunterstieg.

Die sollte sich bloß verziehen! Matilda hatte heute ihren freien Nachmittag und würde sich von nichts und niemandem einspannen lassen. Jetzt verfolgte Valerie sie sogar schon in ihre Geheimverstecke! Aber halt – *ein* Geheimversteck kannte niemand aus der Familie.

Ja, das war genau, was sie jetzt brauchte! Abgeschiedenheit unter dem weiten Himmel, das Rauschen des Meeres im Ohr und die Erinnerungen an ihre Mama in der Hand.

Liebesherz und Glückskleeblätter

Die Sonne schien vom wolkenlosen Himmel nur für sie allein und strahlte direkt in die Kuhle zwischen den drei hohen, mit Gräsern und Ginster bedeckten Dünen. Ein Holzweg führte in einiger Entfernung zum Meer, an dem sich zwischen Sonnenschirmen und Strandkörben die Touristen tummelten. Aber hier würde Matilda keinem Menschen begegnen. Hier sah sie niemand. Wenn sie ein Stück nach oben krabbelte, konnte sie über den Rand des Sandhügels aufs Meer schauen. Die Wellen brandeten hoch an diesem Nachmittag, der Seewind türmte sie zu echten Brechern auf, bevor sie sich am Ufer weiß kräuselten.

Hoffentlich hielt sich das Wetter bis morgen, dann würde Matilda auf jeden Fall wieder auf dem Surfbrett stehen. Für heute hatte der morgendliche Ausflug gereicht.

Nicht in allen Dünen der Insel durfte man spazieren und herumliegen. Deswegen waren manche, besonders die neu bepflanzten, umzäunt. Wenn jeder durch den Sand stapfte, richtete das großen Schaden an. An Trampelpfaden konnte der Wind ungeschützt den Sand fortwehen, und die Dünen waren dann nicht mehr stabil. Das wusste Matilda wie jeder auf der Insel und ärgerte sich oft genug über Touristen, die sich nicht an die Verbotsschilder hielten. Ihr Geheimplatz lag abseits des eingezäunten Gebietes am Rande eines kleinen Wäldchens.

Matilda lehnte sich mit dem Rücken gegen die Düne und winkelte die nackten, braun gebrannten Beine in den Shorts an. Jeden Morgen nach dem Duschen cremte sie sich ein, obwohl sie an die Sonne gewöhnt war und ihre Haut jetzt schon die Farbe von Karamell hatte. Der warme Sand prickelte an ihrer Haut.

Sie zog sich die Kappe ihrer Schirmmütze ins Gesicht, um die Augen zu beschatten. Die Muschelkiste nahm sie auf ihren Schoß und öffnete sie.

Ach, Mama.

Wie lange war es jetzt her, dass Matilda mit ihr in Augsburg gelebt hatte? Zu ihrem Vater konnte sie damals nur jedes zweite Wochenende. Die langen Bahnfahrten, bei denen ihre Mutter sie begleitete; die Vorfreude, die sie auf ihrem Platz hin und her hibbeln und die Nase am Fenster platt drücken ließ, um endlich, endlich das Meer zu sehen; die verschlossene Miene

ihrer Mutter, je näher sie der Insel kamen ... das alles gehörte zu ihr. Und nun lebte sie, Matilda, schon seit sieben Jahren auf dieser Insel, allein mit ihrem Vater. Musste sie sich schuldig fühlen, weil sie das Meer, den Wind, die Wellen von Anfang an genauso geliebt hatte wie er – und immer noch liebte?
Die Liebe. Ein großes Wort, ein großes Gefühl.
Mit der Schatzkiste in den Händen schweiften ihre Gedanken ab. Ein bisschen fühlte es sich an, als könnte sie so mit ihrer Mutter reden. Ob diese vielleicht Antwort auf all die Fragen gewusst hätte, die sie beschäftigten, seit sie Lasse kennengelernt hatte?
Was er sich dabei dachte, sie einfach so ins Kino oder zum Eisessen einzuladen! Sie kannten sich doch gar nicht. Jetzt war klar, dass er etwas von ihr wollte.
Sie biss sich auf die Unterlippe. Wenn man sich in jemanden verliebte, der auf dem Festland lebte, würde es immer wehtun. Natürlich konnte man ein paar schöne Tage miteinander verbringen, Spaß haben, den Sommer gemeinsam genießen. Das taten ja alle. Und dann?
Sie fischte das Armband aus der Kiste. Als Kind hatte sie die vielen Anhänger als Orakel benutzt, als hätte das Schmuckstück einen Zauber, der ihr bei wichtigen Entscheidungen half. Das ging ganz leicht: Sie schloss die Augen, ließ das Armband zwischen den Fingern gleiten und griff nach einem der An-

hänger, ohne die Form vorher zu ertasten. Hielt sie dann ein Hufeisen, war klar, dass es nur Gutes bedeutete. Das Teufelchen sagte ihr, sie solle netter zu anderen Leuten sein. Die aus drei geschwungenen Linien bestehende Welle riet ihr, beim Surfen einen klaren Kopf zu bekommen. Die Muschel hieß, dass sie ihre Gedanken bei einem Strandspaziergang sammeln sollte.

So hatte jedes der Silberplättchen eine andere Bedeutung.

Was sagte das Orakel zu ihr und Lasse?

Matilda hob das Gesicht in den Himmel, zog das Band von der rechten in die linke Hand, griff zu und blickte hinab.

Das war ja so was von klar gewesen! Blödes Orakel, dummes Kinderspiel, null Bedeutung!

Sie betrachtete das kleine silberne Herz zwischen Daumen und Zeigefinger.

Schluss jetzt mit dem Blödsinn! Die Erinnerungen an ihre Mutter zogen sie nur noch mehr herunter. Sie sollte das Schatzkästchen in Ehren halten, sich aber nicht länger darauf verlassen. Schließlich hatte sie ihre Mädels für alle Gespräche über Liebe, Jungs und was alles passieren konnte.

Josy, Merit und Emmy. Genau! Ein Treffen mit ihren Freundinnen war das, was sie heute unbedingt noch brauchte. Hoffentlich ließen die drei sie nicht hängen! Normalerweise waren alle am Abend erschöpft, aber heute war es für Matilda extrem wichtig, vor dem Schlafengehen noch das Herz auszuschütten. Niemand kannte sie besser als ihre Freundinnen.

Diese Ferien könnten der aufregendste Sommer ihres Lebens werden. Da war es wichtig, dass sie ein Team bildeten und sich gegenseitig trösteten, unterstützten und mit Ratschlägen halfen, wenn eine von ihnen mal in der Zwickmühle steckte.

Eine echte Sommerclique … Matilda lächelte. Ja, das wäre cool, wenn sie so eine Art eingeschworene Gemeinschaft sein könnten. Aber dazu brauchten sie einen Treffpunkt. Sie konnten nicht immer nur bei Matilda abhängen. Es müsste ein Ort für alle sein, an dem sich jeder gleichberechtigt fühlte. Wenn sie etwas hätten wie … Yes!

Der Dachboden im Schuppen des *Sunny Beach* wäre perfekt!

Er war gemütlich mit seinen schrägen Wänden. Es gab ein Bullauge mit Blick aufs Meer hinaus. Da oben lagen auch ein paar alte Matratzen und ausrangierte Boards, kurz, er war der ideale Ort zum Quasseln und zum Austauschen von Geheimnissen.

Die anderen würden sicher genauso begeistert sein wie sie, und keine würde mehr daran denken, wegen Müdigkeit oder Erschöpfung abzusagen!

Allerdings gab es vorher eine Hürde zu nehmen: Würde ihr Vater erlauben, dass sie den Dachboden einrichteten und nutzten?

Was sagte das Orakel?

Okay, ein letztes, ein allerletztes Mal.

Sie nahm das Armband, schloss die Augen, griff zu. Ein vierblättriges Kleeblatt. Besser ging's nicht.

Wir sind die Summer Girls!

„Oh, Paps! Du bist der Größte!“ Matilda fing den Schlüssel auf, den ihr Vater ihr zuwarf.
Er hatte nur gelächelt und genickt, als sie ihn im Büro aufgesucht und nach dem Dachboden gefragt hatte.
„Warum nicht?“, war seine Antwort gewesen. „Solange ihr da oben nicht heimlich raucht und uns die Bude abfackelt.“
Als würde eine von ihnen rauchen! Gut, man wusste nie, was kam, aber Matilda würde es bestimmt nicht versuchen. Tante Maike griff gerne mal zu Zigarillos und paffte die Luft in Wölkchen aus. Matilda kämpfte jedes Mal mit der Übelkeit, wenn die Ringe aus Tante Maikes zu einem O geformten Lippen davonflogen. Cool war echt anders!
Matilda steckte den Schlüssel in die hintere Hosentasche und zog ihr Smartphone hervor. Sie tippte eine Nachricht an ihre Freundinnen, als sie das Haupthaus verließ: *Treffpunkt heute 20:00 Uhr Dachboden Surfstation!*

Bis dahin sollten alle ihre Jobs erledigt haben.
Hoppla. Merit antwortete schon. Josy und Emmy fragten auch sofort nach, ob es einen besonderen Grund gäbe.
Matilda grinste in sich hinein. Nein, zurückschreiben würde sie nicht. Ein bisschen Spannung tat den Mädels gut.
Besser, sie machte sich jetzt schon auf den Weg zum Schuppen. Schließlich wollte sie die anderen auf dem Dachboden empfangen.
Keine fünf Minuten später erreichte sie die Surfstation. Um diese Uhrzeit hielt sich keiner mehr im *Sunny Beach* auf. Die Fahne mit dem Schriftzug der Surfschule flatterte über den weißen Wänden des Holzhauses. Eine Möwe hatte sich auf das Holzgeländer gesetzt und schwang sich in den Himmel, als sich Matilda näherte.
Der Dachboden war über eine Außentreppe direkt von der Düne aus zu erreichen. Die Stufen knarrten, als sie nach oben stieg. Sie steckte den Schlüssel ins Loch und drehte. Die Tür quietschte in den Scharnieren. Die Möwe, die über Matilda kreiste, antwortete mit einem übellaunigen Krächzen.
Ein Geruch nach Öl und Gummi wehte ihr entgegen. Matilda ließ die Tür auf, damit frische Luft hereinströmen konnte.
Von der spitzen Decke baumelte eine alte Schiffslampe aus Messing, das Bullauge an der Meerseite war verschmiert vom Salz der Seeluft. Das würden sie noch putzen müssen. Fegen

war auch nötig, und die verstaubten Matratzen türmten sich kreuz und quer.
Puh, hier lag noch einige Arbeit vor ihnen!
Matilda zog zwei Matten in die Mitte des Bodens. Die Surfbretter an den Seiten standen in Reih und Glied, alle ausgemustert, die konnten ihnen als Rückenlehnen dienen und …
He, da war das pink und blau gestreifte Brett, mit dem sie zum allerersten Mal auf dem Wasser gewesen war! Wahnsinn!
Matilda streichelte darüber. Wie aufgeregt sie gewesen war, wie stolz, als sie es endlich geschafft hatte, ein paar Meter über die Wasseroberfläche zu gleiten!
Ja, hier war genau der richtige Ort, um sich mit ihren Mädels zu treffen!
In einer anderen Ecke lag ein zusammengerolltes Tau, daneben eine Segelplane und eine Kiste mit ausrangierten Neoprenanzügen. Die wollten ihr Vater und Onkel Sven schon seit langem verkaufen, hatten es aber immer wieder aufgeschoben.
Durch das Bullauge fiel das Sonnenlicht schräg herein, ein paar Staubpünktchen tanzten in den flimmernden Strahlen.
Urgemütlich konnte das hier werden! Matilda würde mit den anderen bequatschen, wie sie den Raum gemeinsam gestalten konnten, damit er der beste aller Treffpunkte auf der Insel wurde.

„Huhu!", erklang es von unten. Josy.

Matilda eilte zur Treppe und blickte ihrer Freundin entgegen, die beim Hinaufsteigen immer zwei Stufen auf einmal nahm. Auf der Plattform vor dem Eingang umarmten sie sich.

Josy betrat staunend den Dachboden und blickte sich um. „Fett!"

„Ja, nicht?" Matilda strahlte ihre Freundin an, breitete die Arme aus und drehte sich einmal um sich selbst. „Und den Meerblick gibt es gratis dazu." Sie wies auf das Bullauge.

Josy grinste, ließ sich auf eine der Matratzen fallen und hustete kurz, als Staub aufwirbelte.

In den nächsten Minuten trafen auch Emmy und Merit ein, angekündigt durch das leise Klirren von Emmys Ketten.

„Mann, hier oben war ich ewig nicht mehr", sagte Emmy. „Bist du sicher, dass dein Paps uns erlaubt hat, hier abzuhängen? Dann frage ich meinen lieber gar nicht erst. Reicht ja, wenn einer der großen Bosse sein Okay gibt."

„Hundertpro sicher", erwiderte Matilda.

Sie saßen und lagen nun alle miteinander in der Mitte des Dachbodens. Die Sonne fiel auf sie, blendete Matilda, so dass sie die Augen verengte.

„Wir müssten uns echt regelmäßig treffen, finde ich", sagte Merit. „Wenn Schule ist, ist das kein Ding. Aber in den Ferien? Sollen wir einen festen Termin ausmachen? So spontan wie heute klappt das bei mir nicht immer. Normalerweise brennt am Montag bei uns echt der Block. Aber wie wäre es jeden Freitag? Genau hier auf dem Dachboden zum Quasseln?“ In ihren hellbraunen Augen funkelten Goldpunkte. Sie zog sich das Ende ihres dicken honigblonden Zopfes heran und betrachtete kritisch die Spitzen. Merit hatte eher das Temperament einer Seegurke, aber wenn ihr etwas wichtig war, dann sagte sie das auch. „Freitagnachmittag muss ich nie im Hotel meiner Eltern arbeiten, ich könnte da immer. Wie sieht es bei euch aus?“

Josy puffte sie in die Seite. „Ich weiß schon, worüber du dann immer quasseln willst. Dieser … äh, dieser Victor von den Fußballern ist aber auch zuuu süß, oder?“

Merit gab ihr einen Schubs. Nur ganz leicht, denn kräftemäßig war Merit Josy haushoch überlegen. Die beiden nebeneinander sahen aus wie eine Siebenkämpferin und ein Magermodel. Um Merits breite Schultern beneideten sie vermutlich die Jungs – sie selbst verbarg sie, so gut es ging, und zog niemals ärmellose Tops an. Was für Matilda das Windsurfen, war für Merit das Reiten. Oft galoppierte sie noch vor dem Frühstück am Strand entlang, wenn sie das Meer für sich allein hatte.

„Quatsch. Was denkst du denn schon wieder? Nur weil du mit allem flirtest, was bei drei nicht auf den Dünen ist, müssen das noch längst nicht alle tun. Außerdem heißt er Vincent.“

Für Merits Verhältnisse war diese Erwiderung ziemlich frech, fand Matilda. Aber passend. Sie hob den Daumen in ihre Richtung, doch Merit zog schon wieder den Kopf zwischen die Schultern. Wahrscheinlich fragte sie sich, ob sie Josy verärgert hatte. Streitereien ging Merit tunlichst aus dem Weg. Sie versuchte stets, die Harmonie zu bewahren. Dabei war es manchmal wichtig, seinen Standpunkt zu behaupten, auch wenn das Zoff bedeutete. Oder?

Josy winkte nur ab. „Ist doch egal, wie er heißt. Jeder hat gesehen, wie du ihn angeschmachtet hast. Seine grünen Augen sind ein Traum, das muss ich zugeben, und er ist auch sonst ziemlich cool drauf. Weißt du schon, ob er auf dich steht?"

„Jetzt lass das doch mal", bat Matilda. Merit sah eindeutig aus, als bekäme sie gerade eine Zahnwurzelbehandlung ohne Narkose. „Wir müssen jetzt erst mal einen festen Termin finden. Für mich ist Freitag auch perfekt. Vielleicht ein bisschen früher als heute? So um 18 Uhr? Das passt super, weil Freitag meistens irgendwo Party ist. Dann können wir uns vorher noch ein bisschen aufhübschen."

„Oh, Megaidee!", rief Josy. „Wir könnten hier einen Spiegel und ein paar Schminkutensilien lagern und uns gegenseitig stylen."

„Also, ich brauche kein Styling von euch."

Klar, dass der Einwand von Emmy kam. Sie trug sowieso immer nur ihre schwarzen Klamotten.

Matilda wusste, dass sie es kaum erwarten konnte, sich die ersten Piercings stechen zu lassen. Onkel Sven und Tante Hille allerdings würden das verbieten, solange sie es konnten. Fragte sich nur, wie lange Emmy noch auf sie hörte. „Und ich fänd's öde, wenn wir nur über Jungs und Stylen sprechen würden", fuhr ihre Cousine fort. „Ich würde auch gern über Bücher und Filme und so quatschen."
„Unser Würmchen mal wieder." Josy gab ihr eine kleine Kopfnuss und grinste sie an. Emmy rückte ein Stück von ihr weg, erwiderte aber ihr Lächeln. „Aber ist ja klar, dass du das Thema Jungs langweilig findest", stichelte Josy weiter. „Du bist ja sowieso mit deinem" – sie machte mit zwei Fingern Anführungszeichen in die Luft – „*Kumpel* beschäftigt. Kein Typ spricht dich an, solange du immer nur mit ihm abhängst. Ihr seht schon aus wie ein Ehepaar kurz vor der Silberhochzeit."
Emmy zuckte ungekränkt die Achseln. „Mir egal, wie wir aussehen. Daniel ist einfach ein super Typ. Mit keinem kann man mehr Spaß haben."
Josy schien mit den Gedanken wieder abzuschweifen. Sie starrte zur Schiffslampe hinauf. „Wir könnten eine richtige Clique sein", sagte sie schließlich. Sie nickte ein paarmal und biss sich dabei auf die Lippen. „Wie wollen wir uns nennen?"
Die anderen starrten sie an. Ein paar Sekunden lang legte sich Schweigen über die Mädchen.

Natürlich – warum war bisher niemand auf die Idee gekommen, dass sie sich einen Namen geben müssten? Das würde den Zusammenhalt noch mehr festigen. Matilda grinste. Eigentlich war es klar wie die See nach einer windstillen Nacht, oder?
„Vor uns liegt ein Megasommer. Also sind wir – die *Summer Girls*!“, rief Matilda.
Die Reaktion der anderen kam sofort. Emmy sprang auf und reckte die Faust in die Luft. „Das ist hammergeil!“
Merit klatschte in die Hände und lachte. Josy fiel Matilda so schwungvoll um den Hals, dass sie gemeinsam rückwärts auf die Matratze purzelten. Sie kicherten und jubelten gleichzeitig. Was für ein wundervolles Gefühl!
Matilda, Merit, Josy und Emmy – die Summer Girls!
„Also abgemacht, jeden Freitag treffen sich die Summer Girls zur Lagebesprechung.“ Matilda streckte ihren Arm aus, so dass die anderen ihre Hände auf ihre Rechte legen konnten.
„Yaaaaayyy!“, riefen sie und rissen die Arme nach oben.
„Erzählst du uns dann nächsten Freitag auch, was mit dir und diesem Lasse los ist?“, fragte Emmy.
Matilda nickte und warf ihrer Cousine ein schräges Lächeln zu. Supercheckerin. „Ja, das liegt mir gerade echt im Magen. Ich weiß einfach nicht, wie ich mich verhalten soll. Der Typ hat sich in meinem Mini-Kurs angemeldet, obwohl er eigentlich zu den Älteren gehört.“

„Ist ja klar, warum er das getan hat", sagte Josy. „Der steht auf dich."

„Ich aber nicht auf ihn." Matilda zupfte an einem Faden ihrer abgeschnittenen Jeans.

„Sicher?", bohrte Merit nach. „Ihr habt euch auf der Willkommensparty auf dem Bossenhof so lange unterhalten. Das sah schon aus, als ginge da noch was."

„Kann sein, dass er mich ganz gut findet, aber ich will auf jeden Fall nichts von ihm. Und ich weiß gerade nicht, wie ich das hinkriegen soll."

„Warum willst du nichts von ihm?" Josy ließ sich wieder auf die Matratze fallen, starrte an die Decke und verschränkte die Arme hinterm Kopf. „Mein Typ ist er zwar nicht, aber niedlich ist der. Und er passt doch gut zu dir."

„Irrtum. Der passt null zu mir, und wenn er der niedlichste Typ auf diesem Planeten wäre. Das ist ja gerade das Problem. Er wohnt nämlich in Frankfurt, falls ihr es noch nicht mitbekommen habt. Das kann also nichts werden."

„Wieso denkst du denn jetzt schon an eine Fernbeziehung?", erkundigte sich Merit. „Soweit ich gehört habe, bleibt der die nächsten sechs Wochen hier. Have fun, Matilda. Du bist ja zu beneiden, dass so ein süßer Typ auf dich steht. Was dagegen Vincent von mir hält – null Ahnung."

Puh, wie es aussah, waren ihr die Freundinnen keine große

Hilfe. Dass Lasse sie mochte, war klar. Dass sie nicht mehr von ihm wollte, aber auch. Zu blöd, dass Josy, Merit und Emmy das nicht verstanden. Insgeheim hatte Matilda gehofft, sie würden ihr Tipps geben, wie sie Lasse möglichst diplomatisch auf Abstand halten konnte. Aber auf die Idee kamen die drei nicht. Sie fanden, Matilda sollte sich nicht so anstellen und sich mit ihm treffen. Alles easy. Na toll.

Die anderen unterhielten sich inzwischen lautstark darüber, ob Vincent tatsächlich Merits Typ war oder ob er nicht viel eher zu Josy passte.

„Wenn er dir gefällt, musst du ihm das zeigen", behauptete Josy.

„Ich werf mich doch keinem an den Hals!", widersprach Merit. „So weit kommt's noch!"

Matilda biss sich auf die Unterlippe vor Lachen. Schon komisch, wie unterschiedlich ihre Freundinnen waren. Obwohl sie keine Lösung für ihr Problem mit Lasse liefern konnten – zumindest schafften sie es, sie abzulenken.

Mit den anderen begann Matilda nun, darüber zu diskutieren, wie man einen Typen auf sich aufmerksam machte, ohne gleich billig zu wirken. Gar nicht so einfach, fand Merit, aber Josy griff tief in die Trickkiste und packte aus. Matilda staunte, wie viele Gedanken sie sich schon gemacht hatte. Josy war ihnen, was die Jungs anging, um Längen voraus.

Matilda fiel ein, dass sie den Mädels unbedingt noch von der Sache mit Valerie erzählen musste! Was ihre ältere Cousine anging, waren sie sich einig – die ging *gar* nicht. Nur Emmy brachte hin und wieder ein paar schwache Argumente zur Verteidigung ihrer Schwester an.

„Hey, ihr wisst aber, dass morgen Party ist, oder?" Emmy.

„Als würden wir das vergessen." Josy grinste. „So fertig kann ich gar nicht sein, um die Fete am Strand zu verpassen."

Matilda dagegen hatte die geplante School's-out-Party mit ihren Klassenkameraden tatsächlich verdrängt. Seit Beginn der Ferien war sie ihr nicht mehr so wichtig gewesen wie zu der Zeit, als sie an ihrem Fensterplatz im Klassenraum gehockt und sehnsüchtig nach draußen gestarrt hatte. Aber nun ließ sie sich von der Vorfreude ihrer Freundinnen anstecken. Vielleicht half ihr das Abhängen mit den anderen, ihre ständig um Lasse kreisenden Gedanken abzuschütteln. Und mit ihren Mädels würde sie bis zum Umfallen tanzen, sich frei tanzen von allen belastenden Grübeleien.

Ja, sie wollte diesen Sommer in vollen Zügen genießen – den Sommer mit den Summer Girls!

Das ging wahrscheinlich aber erst, wenn sie Lasse aus dem Kopf bekam. Dabei konnte ihr keiner helfen. Darum musste sie sich allein kümmern.

Gleich morgen früh.

Orkan am Morgen

Matilda kam sich vor wie eine Einbrecherin im spärlichen Schein der Schreibtischlampe, die sie angeknipst hatte. Nur brachte ihr Beutezug leider nichts. Und dafür hatte sie sich den Wecker gestellt! Zu nachtschlafender Zeit hatte der gepiept, damit sie im Morgengrauen vor ihrem Vater und Onkel Sven im Büro sein konnte. Mist!

Sie schob die Anmeldebögen zurück in den Hängeordner und schloss die Schublade so leise wie möglich.

Was hätte sie sonst tun können? Hereinschlendern, wenn die beiden vor Beginn der Kurse den Tagesablauf besprachen, Einkaufslisten schrieben und die Willkommensparty am nächsten Wochenende planten, und möglichst beiläufig nach der Adresse von Lasses Eltern fragen?

Kein guter Plan. Ihr Vater hätte sofort wie ein Echolot seine *Pings!* ausgeschickt, um herauszufinden, weshalb sie die haben wollte.

Immerhin kannte sie nun Lasses Nachnamen. Weidner. Eine Adresse auf der Insel hatte sie nicht. Lasses Vater hatte nur die in Frankfurt angegeben, plus Lasses Handynummer, unter der man ihn erreichen konnte, falls der Kurs einmal wegen ungünstiger Wetterbedingungen abgesagt werden musste. Und ein so kniffliges Thema per Handy besprechen – *no way*. Das war schlechter Stil, fand Matilda. Trotzdem hatte sie seine Nummer in ihr Phone gespeichert, für alle Fälle.
Der Name musste also reichen. Auch wenn Matilda Lasse zuvor nie begegnet war, konnte eine Familie, die seit Jahren mit dem eigenen Sportflugzeug auf die Insel kam und hier ein Ferienhaus besaß, nicht unbekannt sein. Sie musste sich nur umhören. Gut, dass sie noch drei Stunden Zeit hatte, bevor ihr Kurs am späten Vormittag anfing.
Matilda schlich sich aus dem Büro. Weiter hinten im Haupthaus hörte sie Tante Hille schon mit dem Frühstücksgeschirr klappern. Der Duft von frisch aufgebackenen Brötchen zog durch den Flur, es rauschte, als sie Orangensaft oder Milch in eine Glaskaraffe goss. Tante Hille sah ihren Lebenssinn darin, ihrer Familie den Rücken freizuhalten. Für Matilda wäre das nichts, aber Tante Hille schien zufrieden damit. Sie war, wie Matilda inzwischen mitbekommen hatte, aber auch diejenige, die hinter den Kulissen die wichtigen Entscheidungen traf, die Onkel Sven dann umsetzte.

Auf Zehenspitzen verließ Matilda das Gebäude und zog leise die Tür hinter sich zu.

„Lass offen!"

Matilda wirbelte herum. Jan schlappte über den Hof auf sie zu. Er sah nach seiner Partynacht aus wie der Tod in Flipflops, mit Augenringen bis zum Kinn.

„Du bist ja früh unterwegs", sagte er und gähnte demonstrativ. Er stank nach Rauch und Bier, obwohl er selbst auf beides verzichtete, wie Matilda wusste. Abgesehen davon, dass er gern bis in die Frühe feierte, war Jan ein Sportler durch und durch. Wenn er erst im Morgengrauen heimkehrte, brauchte er nur zwei, drei Stunden, um wieder voll fit zu sein und seine Kurse zu geben. „Bist du aus dem Bett gefallen?", fragte er sie.

Fehlte nur noch die Frage, was sie vor acht Uhr im Haupthaus gemacht hatte. Aber die blieb aus. Gut.

Matilda nuschelte ein „Hab was zu erledigen" und schob sich an Jan vorbei, als er die drei Stufen nach oben kam.

Sie würde sich ihr Rad schnappen, ins Dorf radeln und wenn nötig jeden Bäckerladen abklappern, um sich unauffällig nach den Weidners zu erkundigen. „Äh, warte mal, Jan."

Sollte sie wirklich? Bei Valerie, Onkel Sven oder ihrem Vater würde sie es nicht wirklich wagen – aber bei Jan?

„Hm?" Ihr Cousin lehnte sich gegen den Türrahmen, in seinem Blick die Hoffnung, dass Matilda ihn nicht lange aufhielt und er sich noch ein paar Stunden aufs Ohr hauen konnte, bevor er im *Sunny Beach* ranmusste.

„Du, die Weidners, die ihren Sohn bei mir im Kurs haben, die wohnen noch gleich wo?"

Jan zog die Stirn in Falten und sah eher aus, als überlege er, sich doch gleich zum Frühstück zu begeben, als dass er angestrengt über Matildas Frage nachdachte. Dann blitzte es in seinen Augen auf, und er hob den Zeigefinger wie ein Kind, dem eine spektakuläre Idee gekommen ist. *Aufgepasst, aufgepasst!*

„Das sind die mit der Cessna, oder? Von denen hab ich schon gehört. Eine Bekannte wohnt da in der Nähe … die Blonde mit den Locken. Kathie? Charlotte? Äh, also, die haben ein Ferienhaus in der Stichstraße hinter dem *Seaside*. Muss die Hütte ganz am Ende sein." Er hob die Nase, schnupperte nach hinten und drehte sich noch einmal zu Matilda. „Noch was?"

„Nein, passt. Danke, Digger!"

Ha! Jan kam auf der Insel herum wie kein anderer und kannte sich aus. Und er checkte nicht einmal im Ansatz, warum sie ihn nach den Weidners fragte. Perfekt!

Jan verschwand im Haupthaus, Matilda lief über den Hof zur Scheune, in der die Fahrräder standen.

„Morgen, Sleeper", sagte Matilda, als sie ihres holte. Der Berner Sennenhund machte seinem Namen alle Ehre, hob nur träge den Kopf und legte ihn dann wieder ab. So groß und gefährlich er damit aussah, Sleeper war der freundlichste Wachhund der Welt – gegenüber den Bewohnern des Bossenhofs genauso wie bei Besuchern. Er war auf den Hof gekommen, als Matildas Großeltern noch gelebt hatten. Seinen Namen hatte er als Welpe erhalten, weil er beim Schlafen gerne Geräusche von sich gegeben hatte. Jetzt passte er immer noch, wenn auch aus einem anderen Grund: Er schlief eigentlich immer.

Matilda schwang sich auf ihr Rad und nahm den Weg an der Weide entlang. Nena und Nuna standen dicht beisammen, hoben die Köpfe. Sie trabten hoffnungsvoll heran. Ihre blonden Mähnen schwangen auf und ab, als sie wieherten und ihr zuzunicken schienen. Beide Ponys waren goldbraun, aber Nena hatte eine helle Blesse zwischen den Augen und weiße Fesseln.

„Sorry, keine Zeit", sagte Matilda, mehr zu sich selbst als zu den Ponys. Schließlich hatte sie noch einige Kilometer Fahrt vor sich. Sie hätte den Inselbus nehmen können, jetzt, da sie wusste, dass es zum *Seaside* ging. Aber es tat gut, sich den letzten Rest Müdigkeit aus den Knochen zu strampeln.

Der Wind hatte im Vergleich zu gestern aufgefrischt. Immer wieder drückten auflandige Böen sie gefährlich nahe an die Sträucher, die rechts und links des Radwegs wucherten. Nach den ersten Kilometern fühlten sich Matildas Beine an, als trüge sie Schuhe aus Beton.

Als das *Seaside* in Sicht kam, ließen die Böen endlich nach. Der monströse Block hob sich deutlich von den anderen Gebäuden der Umgebung ab – einer der Gründe, warum sich etliche Inselbewohner gegen den Bau eines so großen und einer Kette angehörenden Hotels gewehrt hatten. Das zweite Argument war gewesen, dass es den kleineren Hoteliers und Pensionswirten die Butter vom Brot nehmen würde. Am Ende aber gab die hohe Bettenauslastung den Ausschlag. Das *Seaside* brachte viele Urlauber auf die Insel – und damit das Geld, das sie ausgeben würden. Außerdem hatte das *Seaside* Arbeitsplätze geschaffen. Josys ältere Schwester Ida zum Beispiel machte hier ihre Ausbildung zur Hotelfachfrau.

Matilda radelte weiter und bog nach wenigen Hundert Metern in die Stichstraße ab. Die Ferienhäuser saßen nach hinten versetzt, manche mit hohen Büschen, Hecken oder Steinmauern gegen allzu neugierige Blicke abgeschirmt, viele mit Gauben und dunkelblauen Fensterrahmen. Andere Grundstücke boten einen freien Blick auf die edlen Fassaden der Häuser, die stylishen Möbel auf den Terrassen und die teuren Wagen in der Einfahrt. Manche Leute zeigten eben gern, was sie hatten. Zwischen sattgrünen Rasenflächen lagen schneeweiße Findlinge, aus Brunnen sprudelte Wasser und plätscherte über künstlich angelegte Bachläufe in Becken. Und da war das Haus der Weidners am Ende der Straße. Im Gegensatz zu den anderen wirkte es schlicht. Es war nicht mickerig, aber keineswegs großkotzig. Es sah gepflegt aus, aber nicht übertrieben aufgemotzt. Im Garten stand eine Schubkarre mit einem Sack Blumenerde, daneben lagen eine Schaufel und Arbeitshandschuhe auf dem Boden.

Matilda stellte ihr Rad ab und zog das Phone aus der Tasche. Kurz vor neun Uhr. Zu früh, um zu läuten? Immerhin verbrachten die Weidners hier ihren Urlaub. Vielleicht schlief Lasse ja noch.

Egal, sie musste das jetzt hinter sich bringen!

Am besten ging sie noch einmal durch, was sie sich auf der Fahrt für den Fall überlegt hatte, dass Lasses Mutter oder der Vater ihr öffneten. Sie sollten ja nicht genau das denken, wonach es wahrscheinlich aussah: Ein Inselgirl taucht erwartungsvoll auf, um ihren gut aussehenden Sohn wiederzutreffen.

Nein, sie war im Namen des *Sunny Beach* hier und wollte sich offiziell bei Lasse für seine Hilfe mit Jenny bedanken! Davon hatte er sicher erzählt? Es hatte einen Zwischenfall gegeben, bei dem ein Mädchen verletzt worden war – nichts Ernstes, keine Sorge –, aber Lasse hatte gut reagiert. Und der Mutter des Mädchens war es wichtig, dass der Dank so schnell wie möglich an ihn weitergegeben wurde.

Klang überzeugend, oder?

Matilda drückte auf die Klingel. Ihr Herz hämmerte. Sie wartete einige Sekunden und läutete erneut … aber niemand kam.

„Hallo?“, rief sie und ging um das Haus herum. Nein, die Weidners schliefen offenbar noch. Oder sie waren schon unterwegs. Sie legte den Kopf in den Nacken und sah zum Himmel hinauf, wo einzelne Schäfchenwolken weiße Tupfen auf das Hellblau malten.

Als würde genau jetzt ein Sportflugzeug über sie hinwegziehen – genau in der Sekunde, da ihr klar geworden war, dass Lasse mit seinem Vater vielleicht einen der angekündigten Inselrundflüge unternahm!

Und die Mutter? Sie hatte wahrscheinlich Besseres zu tun, als bis zur Rückkehr ihrer Männer im Haus zu hocken.

Sollte Matilda warten? Nein, oberpeinlich, wenn sie hier ausharrte und sich den Popo flunderplatt saß. Das ging *gar* nicht.

Tja, dann zurück zum Bossenhof. Dumm gelaufen.

Langsam erwachte der Rest der Insel zum Leben. Als Matilda erneut das *Seaside* passierte, machten sich die ersten Gäste auf den Weg zum Strand. Der schmale Pfad zwischen den Dünen füllte sich. Matilda stieg ab und schob das Fahrrad.

Zu schade, dass sie Lasse nicht angetroffen hatte.

In seinem Zimmer hätte sie ihm noch vor Beginn des Kurses verklickert, warum aus ihnen beiden kein Paar werden konnte. Dass es nichts brachte, wenn er sich weiter um sie bemühte. Sie hatte sich die Worte so perfekt zurechtgelegt, dass sie vielleicht danach etwas wie Freunde werden konnten.

Nun gut, wenn Lasse gerade mit seinem Vater seine Runden über der Insel drehte, würde sie eben nachher kurz vor Trainingsbeginn mit ihm reden.

Wie seine Bernsteinaugen wohl schimmerten, wenn er enttäuscht war? Oder würde er nur grinsen und seine Schmunzelgrübchen zeigen, obwohl sie ihm eine Abfuhr erteilte? Vielleicht würde er sich entspannt geben, mit den Fingern durch seine Wuschelhaare fahren und die Schultern zucken. *So what, Baby?*

Wie würde sie sich dabei fühlen? Wäre sie erleichtert oder doch eine Spur enttäuscht? Verflixt, dieser Lasse wirbelte ihre Gefühle schlimmer durcheinander als der stärkste Orkan das Meer! Bernsteinaugen hin, Wuschelkopf her – ihr Entschluss stand fest! Punkt.

Strandparty mit Schmuseblues

„Nein, Jenny, zieh das Rigg an der Startschot hoch!“
Jenny schaute Matilda verwirrt an. „Aber gerade hast du gesagt, dass *das* Teil hier das Startdings ist.“ Sie deutete auf die Trapeztampen.
Matilda schüttelte den Kopf. „Entschuldigung, nein. Also, alle mal herschauen! Ihr zieht das Segel *hieran* hoch“, sie machte es vor, „und bewegt es im Wind hin und her. Dann werdet ihr merken, was der damit anstellt.“
Jenny und die anderen Minis nickten eifrig und versuchten, die auf dem Strand liegenden Segel nach oben zu bringen. Keine leichte Aufgabe.
Auch heute war erst einmal Fun angesagt gewesen. Nachdem die Kleinen ihre Boards zum Wasser getragen hatten, durften sie zunächst versuchen, was bei Lasse so schiefgelaufen war – diesmal mit mehr Sicherheitsabstand voneinander. Die Kids stellten sich nicht besser an als Lasse, aber schließlich standen

alle einigermaßen sicher auf zwei Beinen auf den Brettern und jubelten.
Zum Glück frischte der Wind nur leicht auf, so dass kaum Wellengang herrschte. Deswegen konnte Matilda nun eine ihrer Lieblingsübungen mit den Minis machen: die Bretterstraße. Dazu legte sie mehrere Boards quer nebeneinander aufs Wasser, über die Jenny, Torben, Finn und die anderen laufen durften.
Nachdem alle mehrere Male mit lautem Kreischen heruntergeplumpst waren, beorderte Matilda die Jungen und Mädchen an den Strand. Dort ging es jetzt ernster weiter. Zum ersten Mal durften die Anfänger mit den Segeln experimentieren. Sie sollten spüren, wie der Wind Druck aufbaute und wie sie den durch Dichtholen erhöhen oder durch Aufmachen herausnehmen konnten.
„Gut so." Matilda nickte Lia zu. „Hanna, nein, an der Startschot hochziehen."
Hatte sie vorhin auf die Trapeztampen gezeigt? Puh, keine Frage, heute war sie leicht verpeilt. Logisch, woran das lag.
Lasse brachte ihren Unterricht selbst dann durcheinander, wenn er gar nicht da war.
Wieso war er nicht gekommen?
Nicht zum ersten Mal, seit sie mit den Kids zum Wasser gegangen war, warf sie einen Blick nach oben zum Schuppen.

Nein, immer noch kein Lasse, der mit einem Grinsen und einer Entschuldigung auf den Lippen, einem Board unter dem Arm und im engen Neopren steckend den Strand herunterlief. Auch Onkel Sven, der heute das Feld der Surfer weiter draußen mit dem Fernglas beobachtete, hatte nicht erwähnt, ob Lasse oder seine Eltern sich gemeldet und abgesagt hatten.

Seltsam. So hatte Matilda Lasse nicht eingeschätzt. Zumindest eine kurze Nachricht hätte sie erwartet, wenn er aufhören wollte.

Aber was, wenn er sich nicht melden *konnte?* Wenn er nun tatsächlich mit seinem Vater unterwegs war und ihre Maschine einen Motorschaden …

Bullshit! Ein Flugzeug, das irgendwo auf der Insel notgelandet war, hätte sich schneller herumgesprochen als ein rot-grün gepunkteter Wal, der die Charts auf dem Luftloch pfiff. Sie machte sich völlig unnötig Sorgen – und das wegen eines Typen, mit dem sie sowieso nichts zu tun haben wollte.

Wenn das so weiterging, war sie bis heute Abend mit den Nerven fertig und konnte zu Hause bleiben. Das kam ja mal gar nicht in die Tüte.

Der Abend war verplant. Abtanzen mit den Summer Girls!

Der Ausblick darauf hob ihre Laune und half ihr, den Kurs professionell durchzuziehen.

„Macht's gut!", rief sie den Kids wenig später hinterher, als die geschafft, aber aufgekratzt zum Schuppen und zu ihren bereits wartenden Eltern stapften. „Die Boards könnt ihr hinlegen, aber hängt die Neos noch sauber auf die Haken am Geländer, ja?“

Sie hatten sich gut geschlagen. Morgen waren sie so weit, mit Board samt Segel ins Wasser zu gehen. Auch für Matilda war das immer wieder ein spannender Moment.

Wie reagierten die Anfänger, wenn sie sich auf einmal wie von Geisterhand getrieben bewegten? Wer hatte es im Gefühl, wie er das Segel am besten ausrichtete, wer brauchte länger, um es herauszufinden? Machte es ihnen wirklich nichts aus, ständig wieder aufzusteigen und das Segel hochzuziehen, nachdem sie heruntergefallen waren? Eins war klar: Morgen Abend würden alle richtig platt sein.

Matilda blieb am Strand zurück. Die Wellen spielten mit ihren Füßen, der Sand rutschte unter ihr weg, wenn das Wasser zurückwich. Sie schloss die Augen und lauschte nur dem Schwappen der Wellen auf den Strand, dem Prickeln und leisen Zischen, wenn das Wasser vom Sand aufgesogen wurde. Rechts von ihr stritten zwei Möwen, eine Böe blies ihr die Haare ins Gesicht. Herrlich!

Dieses wunderbare Gefühl schloss sie in ihrem Herzen ein. Es trug sie über den Tag, als sie die Boards säuberte und das Material für morgen kontrollierte. Auch als sie später ihrem

Vater im Büro half, die Abrechnungen zu sortieren, war es noch da – und hielt bis zum Abend an, als es im Anbau des Bossenhofs klingelte.

„Ich gehe schon!" Matilda sprang die Treppe nach unten. Ihr Vater war gerade aus dem Büro gekommen und aß in der Küche ein paar Sandwiches.

„Um zehn Uhr bist du zurück, min Deern!", hörte sie ihn mit vollem Mund rufen.

Matilda kicherte. *Min Deern* – mein Mädchen. Ihr Vater sprach sonst kein Plattdeutsch, das hatte er sich während seiner Zeit in Augsburg abgewöhnt, aber manchmal brach es aus ihm heraus. Zehn Uhr war gesetzt, daran gab es nichts zu rütteln. Wie bei Aschenputtel.

Matilda öffnete die schwere Holztür.

Josy strahlte sie an, breitete die Arme aus, als sei sie frisch aus der Umkleidekabine gehüpft, und präsentierte ihr Outfit. Dabei wusste sie selbst, dass sie wieder einmal fantastisch aussah in dem orange-gelben Shirt mit dem Print einer untergehenden Sonne. Die Träger ihres schwarzen Tops schauten unter dem weiten Ausschnitt des Shirts hervor. Josy hatte tolle Beine – eine Tatsache, die sie gern mit Miniröcken und kurzen Hosen feierte. Heute trug sie eng sitzende Jeans-Shorts.

Merit, zwei Schritte hinter ihr, war wie immer unauffälliger gekleidet. Mit der langen Bluejeans, dem weißen Top und der vor dem Bauch geknoteten karierten Bluse ging sie in Richtung Country-Style. Das passte zu ihr.

Matilda lag irgendwo zwischen den beiden. Mit ihrer mintgrünen Capri, dem passenden Top und den Glitzer-Sandaletten war sie schon etwas schicker angezogen als sonst. Aber nicht so aufgebrezelt, dass die Brauen ihres Vaters bis zum Haaransatz gewandert wären, wenn er aus der Küche einen Blick auf seine Tochter geworfen hätte. Dazu ein wenig Lidschatten und Sonnenglitzerpuder, die Wimpern leicht getuscht – fertig.

„Wir müssen Emmy noch abholen." Matilda umarmte Josy und Merit, hakte sie rechts und links unter und zog sie zum Haupthaus. „Daniel ist schon da."

Josy verdrehte die Augen, Merit giggelte. Matilda zuckte nur die Schultern, befreite sich von Josy und drückte auf die Klingel. Keine zehn Sekunden später tauchten Emmy und Daniel auf. Daniel mit Gel in den Haaren, aber ansonsten lässig mit bunten Shorts, engem Shirt und Sportschuhen. Seine braunen Augen sprühten vor Unternehmungslust. Emmy trug wie immer ihren nachtschwarzen Gothic-Look, aber ihre Augen funkelten nicht weniger als Daniels.

Josy schüttelte den Kopf. „Wir gehen auf eine Party, Süße. Eine schwarze Messe steht heute nicht auf dem Plan." Sie schnalzte. „Du vergraulst uns noch die Typen. Die kriegen Angst, wenn sie dich sehen."

Emmy zuckte mit den Schultern. „Wahre Schönheit kommt von innen. Kennst du *Die Schöne und das Biest*?"

„Na, wenn die Jungs dich reihenweise abblitzen lassen, ist ein Disney-Film genau das richtige Argument", spottete Josy, zwinkerte Emmy aber zu.

„Nix Disney!" Emmy blitzte Josy mit ihren hellgrauen Augen an. Durch den schwarzen Kajal wirkten ihre Blicke besonders frostig. „*La belle et la bête* war zuallererst ja mal ein französisches Volksmärchen, bevor Walt Disney es 1991 …"

„Würmchen!" Merit hielt sich die Ohren zu. „Keine Literaturvorlesung, ja? Heb dir das für deinen Vlog auf. Jetzt ist Party-Time!"

Emmy nahm auch das mit einem Schulterzucken hin, holte Daniel auf ihre rechte Seite, während Matilda sich zwischen Josy und Merit wiederfand, und hakte sich bei ihm unter. „Kann mir ja nur recht sein, wenn mich die Vollhonks nicht angrabbeln. Mr Right wird schon irgendwann kommen, und für den bin ich dann genau richtig. *Das* ist wahre Liebe."

Matilda beugte sich im Gehen vor, um an Josy vorbei Emmy und Daniel anzusehen. Verzog Daniel gerade gequält den Mund? Der Arme! Wann merkte Würmchen endlich, was sie ihm mit ihrer kumpelhaften Art antat?

Aber auch wenn Matildas jüngere Cousine in Bezug auf Daniel null Durchblick hatte, war sie auf andere Art beneidenswert. Sie war erst im vergangenen Monat vierzehn geworden, wirkte aber an manchen Tagen – so wie heute – selbstsicherer als ihre etwas älteren drei Freundinnen zusammen. Emmy stand mit beiden Beinen im Leben und war einen Herzschlag später doch wieder hoffnungslos romantisch. Ein echter Spezialfall eben. Sie träumte von einem Prinzen, der eines Tages auftauchte und sich Hals über Kopf in sie verschoss. Vielleicht auf einer Willkommensparty auf dem Bossenhof? Ein süßer Junge, der sie anquatschte und dessen erste Berührung ein Prickeln durch ihre Fingerspitzen jagte, das sie total durcheinanderbrachte? Ein Junge, der sie dann mit seinen Bernsteinaugen …

Matilda stieß die Luft aus und schüttelte über sich selbst verärgert den Kopf.

Josy drehte sich zu ihr. „Alles im Lack, Matilda? Hast du was vergessen? Sollen wir warten?“

„Hm? Nein, wir können weiter. Mir ist nur gerade etwas eingefallen, nichts Wichtiges. Kein Problem, passt schon.“

Da hatte sie gehofft, Lasse endlich aus dem Kopf zu haben, und dann schlich er sich hinterrücks wieder heran, wenn sie über ihre Cousine nachdachte. Es wurde echt Zeit, dass sie auf die Party kamen – und damit auf andere Gedanken.

Matilda lief schneller.

Josy hielt Schritt. Auch Merit legte einen Zahn zu. Nur Emmy

und Daniel blieben, wahrscheinlich schon über die kindische Eile der drei lästernd, zurück.
Vor Matilda und den anderen breitete sich der Strand wie ein goldenes Band zwischen den mit Grasbüscheln bewachsenen Dünen aus. Alle hundert Meter durchsetzten flackernde Lagerfeuer wie Perlen das Band. In der Abendsonne glitzerte das Meer silbern. Vom Dorf drang Musik bis zu ihnen, wahrscheinlich spielte eine Liveband in einer der Restaurants oder Kneipen an der Promenade. In der Nähe mancher Feuer war eine Anlage aufgebaut – von Rock über Hip-Hop bis zu chilliger Surfermusik fand jeder, was ihm gefiel.
„Da vorne." Merit deutete auf eine Gruppe. Zwei Jungs warfen gerade eine Holzpalette auf das Feuer, Funken stoben in den tiefblauen Himmel.
Ein Mädchen kam auf sie zugeschossen. „Hey, so toll, dass ihr da seid!", begrüßte Franziska sie mit einer Umarmung. Matildas Schulkollegin deutete angeknipst nach hier und da. „Getränke sind dahinten, ein paar Brötchen sind auch da, falls ihr Hunger habt, und guckt mal, ob Benny ein paar Strandstühle für euch übrig hat, könnte echt knapp werden und … Oh, Mann, wuhuu!"
Franziska rannte an ihnen vorbei und fiel einem weiteren Neuankömmling um den Hals, um ihm im nächsten Moment wahrscheinlich das Gleiche zu sagen wie den Summer Girls.

Merit, Emmy und Daniel schielten zu den Stühlen, die sie sich rasch sichern mussten. Matilda wechselte einen Blick mit Josy. An diesem Abend waren sie sich einig.

„Hallo? Ich bin zum Feiern da!", rief Josy. „Pennen kann ich später."

Matilda nahm ihre Hand und zog sie mit. „Tanzen! Jetzt!"

Unter einem Pavillon standen, beleuchtet mit grünen und roten Glühbirnen, Getränke und Anlage, einige Meter dahinter röhrte ein Generator. Leichter Benzingeruch schwebte zu ihnen herüber.

Matilda warf einen Blick zu den anderen, bevor sie die Tanzfläche erreichten. Emmy und Daniel hatten sich in den Sand am Feuer gesetzt, Merit hatte noch einen Platz an einem voll besetzten Tisch bekommen. Nanu? Matilda reckte den Kopf. Das waren doch tatsächlich die englischen Fußballer! Irgendjemand musste sie über die Party informiert haben.

„Hast du die eingeladen?", erkundigte sich Matilda über die rockigen Beats hinweg bei Josy.

Josy schüttelte den Kopf und hob beide Hände. „Ich bin unschuldig!" Sie linste zu den Jungs hinüber und grinste dann. „Aber ich habe auch nichts dagegen, dass sie da sind."

Die anderen auf der mit Lampions beleuchteten Tanzfläche begrüßten sie mit großem Hallo und Umarmungen. Alle freuten sich, dass die Schule endlich vorbei war und sechs Wochen

Ferien vor ihnen lagen. Der Sand unter ihren Schuhen wirbelte auf, während sie sich bewegten.
Die Beats wurden schneller, und Matilda gab sich der Musik hin. Außer ihr und Josy tanzten bereits einige Mädels und überboten sich dabei gegenseitig mit angesagten Moves.
Matilda genoss es, sich mit hochgereckten Armen und schwingenden Hüften zu bewegen, den Kopf freizubekommen. Wenn schon nicht auf dem Surfbrett, dann hier zur Musik.
Tanzen tat der Seele gut.
Nach drei Songs wollte Josy sie mitziehen zu den Tischen, aber Matilda hatte noch lange nicht genug. Sie musste sich auspowern. Josy dampfte ab, Matilda tanzte weiter inmitten ihrer Mitschülerinnen. Sie schwitzte, ihr Puls beschleunigte sich, ihre Arme und Beine bewegten sich wie von selbst im Takt.
Erst als sie sich die Seite halten und um Luft ringen musste, beschloss sie, eine kurze Pause einzulegen. Jetzt ein riesiges Glas Apfelschorle – und sich dann erneut ins Getümmel stürzen!
Sie blickte sich nach ihren Freundinnen um. Josy hatte sich zu Merit auf die Bank gequetscht. Der Fußballertisch war wieder einmal der lauteste und die beiden Mädels mittendrin. Emmy tuschelte mit Daniel am Feuer. Die brauchten auch keine Dritte im Bunde.
Benny, der die gleiche Klasse besuchte wie Matilda, kam mit einem Halbliterglas Apfelschorle auf sie zu. Matilda überlegte

nicht lange. Sie grinste ihn an. „Wie aufmerksam von dir." Sie streckte die Hand aus. Verdattert ließ er es zu, dass sie ihm das Getränk abnahm, und grinste dann von einem Ohr zum anderen, als sie es fast bis auf den letzten Tropfen leerte.

„Wow", sagte er. „Und ich habe dir nicht nur einen Drink organisiert, sondern auch einen der letzten Plätze."

Matilda ging mit ihm ans Feuer, wo er sich zwei gemütliche Stühle mit weichen Polstern schnappte.

Als Kite-Surfer brauchte Benny viel Kraft in den Armen und zeigte gern, dass er sie hatte – auch durch das kurze Shirt, das er trug. Seine Oberarme spannten sich. Aber er war kein Angeber, zumindest kein großer. Er war in Ordnung, man konnte gut mit ihm reden, deshalb war es okay, dass er die beiden Stühle nun eng nebeneinander schob. Genau richtig, um ein paar Minuten zu chillen, bevor sie wieder auf die Tanzfläche stürmte.

„Na, gut in die Ferien gestartet?", fragte Benny, als er sich neben Matilda in die Polster warf und die Beine kreuzte.

Matilda nickte. Ging so. Ferien hieß immer auch Arbeit.

„Meinetwegen könnte ja Schule sein", fuhr Benny fort. Matilda sah auf. Als Streber war Benny nicht gerade bekannt. Er vergaß immer wieder Hausaufgaben oder kam unvorbereitet in den Unterricht, obwohl ein Test anstand. Was sollte der Spruch also?

Benny beugte sich weit zu ihr herüber. Sein Atem kitzelte an Matildas Wange. „Dann könnte ich nämlich jeden Tag das hübscheste Mädchen der Insel sehen."

Matilda lachte laut auf. Benny hielt sich übertrieben das Ohr zu. Dann schaute er sie wie ein verlassenes Seehundbaby an.

So kannte man Benny. In der Schule unterirdisch, aber als Comedian ein Naturtalent.

Matilda schüttelte den Kopf. „Sorry, Benny. Aber an deinen Sprüchen musst du echt noch üben."

Benny zog eine Schnute. „Hm, in Ordnung. Darf ich bei dir üben?" Der Seehundblick veränderte sich. „Es war nämlich ernst gemeint."

Himmel, wie nah saßen sie eigentlich am Feuer?! Die Hitze in ihrem Gesicht war unerträglich!

Sie räusperte sich. „Äh, also danke. Echt. Aber …" Sie richtete den Oberkörper auf und straffte die Schultern – verrückt, dass ihr gerade jetzt Emmy einfiel, die tough ihren Weg ging. „Sorry, Benny. Das ist total nett von dir, aber ich fürchte, da musst du dir eine andere suchen."

Es war das erste Mal, dass Benny ihr näherkommen wollte. Eigentlich ideal, ging es ihr durch den Kopf. Er war von der Insel und ein netter Kerl. Aber ihr Herz sprach eine andere Sprache. Quatsch machen und mit ihm abhängen – okay. Aber mehr? Never.

Benny legte sich in einer schauspielreifen Geste die Hände auf die Brust. „Du brichst mir das Herz, Prinzessin." Er senkte den Kopf.
Natürlich zog er seine Anmache jetzt ins Lächerliche. Matilda beugte sich vor. „Hey, du, jetzt mal ernsthaft. Wie lange kennen wir uns?"
„Haha! An meine Brust, Kumpel!" Benny schlang seine Arme um sie und zog sie auf seinen Schoß. Matilda zappelte kieksend, gab dann aber kichernd auf und lehnte für einen Moment den Kopf an seine Schulter. Gut, wenn er nicht sauer war. Sie hatte sich nie Gedanken darum gemacht, ob Benny ihr gefiel oder nicht. Er lief einfach so nebenher als einer ihrer Klassenkameraden. Hatte er sich tatsächlich in sie verguckt? Das musste sie unbedingt mit den Summer Girls besprechen. Vielleicht hatten die ja etwas bemerkt und es ihr nur noch nicht gesteckt? Sie stemmte die Hände gegen seine Oberarme, um sich zu befreien, und … Hatte sich im Schatten hinter dem Pavillon gerade etwas bewegt?!
Matilda sprang auf und wehrte Benny ab, als der sie erneut packen wollte.
Ja, jemand war durch die grau-goldene Abenddämmerung zum Feuer geschlendert, auf sie und Benny zu, und dieser Jemand rannte nun in die Dünen davon.

Ein Flüstern in den Dünen

„Hallo? Lasse!?“

Okay, super Idee, einem in die Dünen flüchtenden Schatten hinterherzuflitzen, ohne zu wissen, ob es wirklich der gewesen war, den man zu sehen geglaubt hatte.

Aber wer sonst sollte davonlaufen, wenn er sie auf Bennys Schoß sitzen sah? Auch wenn das Herumalbern mit Benny nichts zu bedeuten hatte.

Warum war es ihr überhaupt so wichtig, dass er das erfuhr? Eigentlich wäre alles im grünen Bereich, wenn er annahm, Benny wäre ihr Freund, oder? Wäre das nicht *die* Lösung für ihr Problem?

Ginsterbüsche kratzten an Matildas Beinen, als sie in eine Kuhle lief. Wohin jetzt? Fußspuren konnte sie nicht mehr erkennen, jetzt, da die Sonne im Meer versank und Schatten die Dünen eroberten.

„Hallo?“, rief sie erneut und ging weiter.

Ja, sie wollte klarstellen, dass das, was er gesehen hatte, nicht das war, was er dachte. Es war ihr wichtig, dass er nichts falsch verstand.

Sie blieb stehen und lauschte auf ein Geräusch rechts von ihr. Ein trockenes Knacken, gefolgt von einem leisen *Plopp*. Sie erklomm die Düne … und da saß Lasse mit dem Rücken zu ihr, nur ein paar Schritte entfernt. Er brach einen Zweig vom Busch neben sich und warf ihn in den Sand.

Natürlich hatte er sie schon gehört. Sie hatte ja laut genug gerufen. Aber auch, als sie sich neben ihm auf den Boden sinken ließ, die Beine anzog und die Arme um die Knie schlang, fuhr er nur damit fort, den Busch Stück für Stück auseinanderzunehmen.

„Das ist verboten." Ihre Stimme klang heiser. „Die Pflanzen sind wichtig, sonst trägt der Wind die Dünen ab, und die Insel wird überschwemmt."

„Meinetwegen."

Mit einem *Plopp* landete das nächste Stück Holz im Sand.

Über ihnen funkelten die ersten Sterne. Die Musik der Party drang gedämpft zu ihnen, konnte aber das Rauschen des Meeres nicht übertönen, das Knistern, mit dem eine Brise die Grashalme auf den Dünenkämmen bewegte.

Endlich schaute Lasse hoch, wich Matildas Blick aber gleich wieder aus.

„Mann!“, entfuhr es ihm so plötzlich, dass Matilda zusammenzuckte. Er schleuderte eine Handvoll Sand von sich. Der Wind blies einzelne Körner zurück, so dass Matilda die Augen zusammenkniff. „Oh, sorry.“ Lasse streckte die Hand aus, zog sie wieder zurück. „Ich, äh“, er seufzte, „okay, du hattest vollkommen Recht.“

„Logisch hatte ich das.“ Matilda versuchte sich in einem schrägen Grinsen. „Aber womit jetzt konkret?“

„Dass Surfen eigentlich nicht mein Ding ist. Oder war. Ich wollte mich auf eurer Party nur ein bisschen umschauen und meinen Eltern dann sagen, dass ich mich auf die Fliegerei konzentriere. Und dann habe ich dich gesehen.“ Seine Bernsteinaugen fixierten sie. „Und stimmt, ja, ich habe mich für deinen Kurs angemeldet, weil ich dich wiedersehen wollte. Im Lagerraum dachte ich echt, da wäre was zwischen uns. Dann bist du abgehauen. Ich wusste nicht, was ich machen sollte. Deshalb bin ich nicht zum Kurs gekommen, sorry. Aber heute Abend habe ich es nicht mehr ausgehalten. Ich wollte mich entschuldigen, dass ich nicht angerufen habe, und dann wollte ich …“ Seine Faust schlug auf den Boden. „Okay, das war blöd von mir. Total. Ich muss voll bescheuert sein, zu glauben, dass jemand wie du noch keinen Freund hat.“

Matilda deutete vage Richtung Strand. „Du meinst das da unten am Lagerfeuer?“

Lasse nickte. Matilda biss sich auf die Lippen. Das war der perfekte Zeitpunkt, dem Kuddelmuddel ein Ende zu bereiten. Sie musste nur jetzt Ja sagen. Benny hatte sicher kein Problem damit, für den Rest des Abends ihren Freund zu spielen. Aber es fühlte sich noch genauso falsch an wie vor ein paar Minuten.

„Tja, da muss ich dich enttäuschen." Die angehaltene Luft entwich ihr auf einen Stoß. „Benny und ich kennen uns nur von der Schule. Er ist ein guter Kumpel. Mehr nicht."

Es schien einen Moment zu dauern, bis das, was sie gesagt hatte, bei Lasse ankam. Er richtete sich auf. „Das heißt – er ist – nicht – dein Freund?"

Die Sonne war untergegangen, aber Lasses Bernsteinaugen blitzten so hell wie die Sterne am Himmel. Matilda schluckte. Und schüttelte den Kopf. Ihr Herz hämmerte schneller als jeder Schiffsmotor.

„Und", fragte er weiter, „was sagt dann dein Freund dazu, wenn du auf der Party mit deinem guten Kumpel rummachst?"

„Ich hab nicht rumgemacht!" Matilda schob ihr Kinn kampfeslustig nach vorn – und stutzte. Offenbar hatte Lasse es genau darauf angelegt, sie zu necken, wenn sie sein Grinsen richtig deutete.

Na warte! Sie puffte ihn in die Seite und zuckte zurück, als selbst diese kurze Berührung ihr durch den Körper fuhr.

Lasse hielt ihren Blick fest.

„Ich habe keinen festen Freund.“ So, bitte schön, jetzt hatte sie es gesagt.
Eine Ruhe umfing Matilda, die sie nur kannte, wenn sie auf dem Board weit draußen dahinglitt und das Wasser unter sich, den Wind um sich spürte. Dann dachte sie nicht mehr darüber nach, was sie zu tun oder zu lassen hatte, wie sie sich verhalten musste, um entweder Fahrt aufzunehmen oder vom Wind abzufallen und die Geschwindigkeit zu drosseln. Sie wusste instinktiv, wie sie die gewaltigen Brecher ansteuern musste, um sicher über sie hinwegzuschießen und den Kurs zu halten. Genauso fühlte sich das jetzt an.
Lasse beugte sich vor. Matilda tat es ihm gleich. Sie schloss die Augen.
Da war immer noch Ruhe in ihr und die Gewissheit, dass sie von allein spürte, was richtig und falsch war. Aber jetzt rauschte auch das Meer in ihren Ohren. Kleine Muscheln und Kieselsteine schienen mit jeder Welle unter dem Sand zu klackern, die auf den Strand rollte … oder war es nur das Blut, das in ihr rauschte, und ihr Herz, das so schnell schlug?
Seine Lippen berührten ihre, so zart, dass es auch nur ein Traum sein konnte. Aber es war kein Traum. Dieser Kuss war die Realität, und er wirbelte ihre Inselwelt durcheinander wie eine Sturmflut, obwohl die Berührung nicht mehr als ein Windhauch war.

Lasses Hand lag auf ihrer Wange, mit der anderen umfasste er sie am Arm, unendlich zärtlich. Matilda hob die Rechte und fuhr durch seine Haare, die seidig zwischen ihren Fingern glitten. Ihre Lippen lagen immer noch aufeinander.

Matildas Denken hatte ausgesetzt. Sie war nur noch Gefühl, ohne Angst vor dem Morgen. So musste es sein, wenn man tatsächlich zusammengehörte. So einen Kuss gab man nicht dem Inselmädchen, das man nur abschleppen und dann fallenlassen wollte. Matilda hätte hier sitzen können, bis die Sonne im Osten wieder aus dem Meer stieg. Über seine Haut streicheln, in seinen Haaren wühlen, mit den Lippen seinen Mund, seine Wangen, seinen Hals berühren.

Alles war gut.

„Huhu? Matilda?!", erklang eine Stimme ein paar Meter entfernt.

„Benny ist sicher, dass sie hier raufgerannt ist!"

„Wenn der Kerl uns verarscht, kann er was erleben! Matilda, wo bist du?"

Matildas Hand lag noch immer in Lasses Nacken, glitt jetzt aber hinunter. Lasse öffnete die Augen und wollte etwas sagen. Matilda schüttelte den Kopf und wich zurück.

Wie hatte das passieren können?! Das war ja eine tolle Art, ihm zu sagen, dass nichts zwischen ihnen laufen konnte. Wann lernte sie endlich, ihre Gefühle unter Kontrolle zu halten?

„Matilda?“ Das war ganz klar Emmys Stimme, die näher kam.

Matilda sprang auf. „Hier bin ich!“

Mit schnellen Schritten hetzte sie die Düne nach oben. Da waren ihre Mädels plus Daniel, ihre Rettung aus stürmischer See! Sie eilte auf sie zu, fiel ihnen um den Hals und drehte sie in die Richtung, aus der sie gekommen waren.

Über die Schulter schaute sie dorthin zurück, wo in einer Kuhle zwischen den Dünen ein verwirrter Lasse sitzen musste. Aber verwirrt war sie auch. Und nicht zu knapp.

Treffpunkt Dachboden

„Matilda?“ In Merits Augen schienen Fragezeichen zu blinken.

„Hm?“

„Mensch, wo bist du denn mit deinen Gedanken? Was los war, habe ich gefragt.“

„Genau. Warum bist du abgehauen? Die Party ist doch mega“, fiel Josy mit ein. Matilda sah nach vorn, wo hinter der Düne die Lichter am Strand auftauchten. Das Klopfen des Generators wurde lauter, Benzingeruch mischte sich mit den Kräuter- und Salzdüften. Aus den Boxen drang ein ruhiger Song, den die Pärchen der Klasse nutzten, eng umschlungen zu tanzen. Andere saßen ums knisternde Feuer und unterhielten sich, lachten, stießen miteinander an.

Ja, genau so sollte es sein. Und trotzdem war Matilda die Lust darauf vergangen. In ihrem Kopf fuhren die Gedanken Achterbahn. Es war, wie vom Board zu fallen und sich im kalten

Wasser wiederzufinden, ohne zu wissen, wo oben oder unten war.

Emmy schob sich an ihre Seite. „In einem Comic hätte Benny dich im einen Moment im Arm gehabt, im nächsten wäre da nur noch eine Staubwolke gewesen. So schnell bist du abgedüst. Hast du kalte Füße gekriegt?“ Ihre Augen schimmerten im Flackern der Flammen, als sie die Feuerstelle erreichten. Mit dem dick aufgetragenen schwarzen Eyeliner wirkte das Weiß unnatürlich. Und gruselig. Sie flüsterte: „Oder hat Benny dich irgendwie blöd angegrabscht?“

Matilda schüttelte den Kopf. „Quatsch, nein. Benny ist voll korrekt. Wir haben nur herumgealbert, keine Sorge.“

Bennys Umarmung war okay gewesen. Aber was war mit ihrem und Lasses Kuss?

Mal unauffällig zu den Dünen linsen. Nein, da war kein Schatten, der ihnen folgte. Kein Wunder. Lasse war bestimmt genauso geflasht wie sie.

Ob er immer noch in der Kuhle saß, dort, wo sie sich geküsst hatten? Das war gerade mal eine Minute her. Verrückt. Es fühlte sich an wie aus einem anderen Leben – vor allem jetzt, da der DJ wieder Bewegung auf die Tanzfläche bringen wollte und eine immer noch voll überdrehte Franziska vorbeihüpfte wie ein Flummi, sich Daniel schnappte und mit ihm herumzuzappeln begann. Daniel schaute hilflos zu Emmy, die

die Aktion schulterzuckend und kichernd beobachtete – aber gleich wieder mit ihrer Aufmerksamkeit bei Matilda war.
Emmy checkte sofort, dass da noch mehr war, was sie durcheinanderbrachte.
Immerhin hatte sie geküsst.
So richtig.
Zum ersten Mal in ihrem Leben.
Eine warme Woge durchströmte sie, ihr Herz stolperte wieder, sie … verflixte Möwenschiete! Grinste sie Emmy gerade wirklich so verträumt an, wie sich ihr Gesicht anfühlte? Sie räusperte sich. Cool bleiben! Auch wenn das schwerfiel.
„Summer Girls!" Das war Emmy, in strengem Ton. Merit nickte. Josy, die in Richtung Pavillon schielte und Vincent und seinen Boys zuwinkte, trat alarmiert in den Kreis.
„Die Party ist gelaufen", sagte Emmy bestimmt. „Matilda ist komplett durch den Wind und will nicht damit herausrücken, warum. Außerdem habe ich den Eindruck, dass ihr beide, Josy und Merit, auch etwas zu klären habt. Da hilft nur eins. Treffen der Summer Girls auf dem Dachboden. Jetzt. Sofort."
Ja. Ja! Das war *die* Idee. Vielleicht konnte sie ihre Gedanken dort sortieren.
„Was?!" Josy klang alles andere als begeistert.
Aber Merit zuckte schon mit den Schultern und schaute kurz sehnsüchtig zum Pavillon. „Hier passiert sowieso nichts mehr",

sagte sie und schob einen Seufzer hinterher. „Und was sollten wir beide klären?“ Sie blickte Josy fragend an.
Doch Josy hatte sich wohl schon damit abgefunden, überstimmt worden zu sein, und lief voraus.
„Moment, ich muss noch Daniel Bescheid geben“, rief Emmy ihr nach.
Diesmal war es Josy, die den Kopf schüttelte. „Nicht, dass du nachher noch auf die Idee kommst, ihn mitzunehmen. Hier ist Frauenpower gefragt. Und auch wenn dein Daniel noch weit davon entfernt ist, ein richtiger Mann zu sein, ein Girl ist er auf keinen Fall.“
„Er ist nicht *mein* Daniel!“ Zum ersten Mal reagierte Emmy empfindlich auf die Anspielungen, hatte sich aber gleich wieder im Griff. „Ihr seid alle so was von auf dem Holzweg mit Daniel und mir. Aber das kratzt mich nicht. Ich muss ihm trotzdem Bescheid geben, dass wir abhauen. Geht ja gar nicht, einfach so ohne eine Erklärung zu verschwinden.“
Autsch! Genau das hatte Matilda Lasse nun schon zum zweiten Mal angetan. Aber die Panik hatte sie überfallen, als sie die Stimmen ihrer Freundinnen gehört hatte. Hätte sie sich denn von ihnen mit Lasse knutschend sehen lassen sollen?
Emmy kam zurück, Daniel im Schlepp. Er begleitete sie ein Stück, bevor er sich zum Inseldorf hin verabschiedete, während sie den Schuppen ansteuerten, der einige Hundert Meter

strandabwärts lag. Dort angekommen, stiegen sie die Treppe nach oben. Matilda fummelte den Schlüssel aus der Hosentasche und öffnete die Tür.

„Home, sweet home", scherzte Josy, nachdem sie eingetreten waren. Die Luft roch staubig, durch das Bullauge fiel silbernes Licht. Emmy entzündete die Lampe, und sofort strahlte der Raum wieder die heimelige Atmosphäre aus, die Matilda sich für ihren Treffpunkt gewünscht hatte. Obwohl sie sich bisher nur ein Mal hier zusammengefunden hatten, war es schon ihr Ort geworden.

Josy und Merit machten es sich nebeneinander auf einer Matratze gemütlich. Emmy setzte sich dicht vor Matilda und sah sie forschend an, so aufmerksam, als hockte sie vor einem alten Funkgerät und strengte sich an, zwischen dem statischen Rauschen ein Signal herauszufiltern.

Je länger ihre jüngere Cousine sie anschaute und alle schwiegen, desto komischer wurde es.

„Willst du meine Gedanken lesen?", kicherte Matilda.

„Gern." Emmy grinste zurück und rutschte in eine bequemere Position. „Aber weil das nicht möglich ist, sind wir jetzt ganz Ohr. Also, was ist passiert? Warum bist du abgehauen? Was ist los mit dir?"

Sollte Matilda ihnen wirklich von Lasse erzählen? Ja, das hier waren die Summer Girls. Was für einen Zweck hatte eine sol-

che Clique, wenn nicht den, Geheimnisse zu teilen und Tipps auszutauschen?
„Aaaalso“, fing sie vorsichtig an. Luft holen, und los ging's: „Lasse und ich, wir haben uns geküsst. Gerade eben. In den Dünen.“
Puh, ausatmen. Aber die Anspannung blieb.
Matilda fuhr sich mit der Zungenspitze über die Lippen. Meersalz. Und sonst? Auf jeden Fall waren diese Lippen nun andere als noch gestern. Wenn die Girls sie nicht so anschauen würden, würde sie mit den Fingern tasten, ob … Moment. Abgesehen von Emmy schaute niemand sie an. Worüber diskutierten Josy und Merit da?
„Hat Vincent echt von mir gesprochen?“, fragte Merit gerade.
„Nee, also gesprochen haben wir nicht sooo viel.“ Josy schien es unangenehm zu sein, dass alle sie ansahen. Sehr ungewöhnlich. Und was laberten sie da über den Fußballer? Josy war wohl mit ihm hinter dem Pavillon verschwunden. Nun hoffte Merit, er habe sich nach ihr erkundigt. Aber Josy wich Merits Fragen aus. Wieso?
Egal. Sie waren wegen Matilda hergekommen! *Sie* hatte innerlich SOS gerufen, und Emmy hatte das sofort gecheckt! Was meinten die anderen jetzt zu ihr und Lasse?!
„Lasse und ich haben uns geküsst“, sagte sie lauter. Endlich sahen Merit und Josy wieder her.

„Das ist toll, Matilda“, sagte Merit warmherzig, nahm für einen Moment Matildas Hand in ihre. „Herzlichen Glückwunsch, ihr seid ein wunderbares Paar.“ Ihr Lächeln wirkte ein bisschen weggetreten, als hätte sie selbst nichts dagegen, mit jemand anderem ein *wunderbares Paar* zu bilden.

Josy hob nur anerkennend die Daumen: „Endlich.“

Seltsam, dass die Momente, die einem selbst so vorkamen, als hätte die Welt stillgestanden, andere nur zu einem Lächeln brachten. Oder dazu, den Daumen zu heben. Kein Kreischen, kein Giggeln, kein Knuddelalarm.

Doch.

„Yay!“ Emmy schoss von rechts heran und riss Matilda mit ihrem Schwung um. Ihr Vanilleduft hüllte Matilda ein. Er mischte sich mit dem Geruch nach Druckerschwärze und Papier, der Emmy ständig zu umgeben schien.

„Ich *wusste* es“, flüsterte Emmy ihr zu, als sie sich zurückzog. Sie betrachtete Matilda, als müsste sie herausfinden, ob sich an ihrer Cousine etwas verändert hatte. „Ich will mich ja nicht selbst loben, aber …“ Sie zog eine Braue hoch und tätschelte sich die linke Schulter. *Hab ich's nicht gesagt?*

Ja, Emmy, die Checkerin.

Was sie mit ihrem Romantikfimmel genauso wenig verstand wie Merit und Josy, war, in welchem Schlamassel Matilda steckte. Von wegen *wunderbares Paar*. Sie war sich so sicher gewesen, so fest in ihrem Entschluss, und dann hatte dieser eine magische Moment in den Dünen alles über den Haufen geworfen!

Emmy wartete offenbar immer noch auf sämtliche Details, am besten bunt ausgeschmückt wie in einem ihrer Liebesschmöker. Für Josy schien Matildas Geständnis nichts Besonderes gewesen zu sein.

„Also *mein* erster Kuss war unterirdisch. Björn wusste gar nicht richtig, wie man …"

„Björn aus der Parallelklasse?!" Merit kiekste und sank vor Lachen auf die Seite.

Josy nickte. „He, jeder fängt mal klein an. Auf jeden Fall hatte Björn keinen Schimmer, was er machen sollte." Sie seufzte, dann schob sich ein Lächeln auf ihr Gesicht. „Aber von da an ging's aufwärts. Ihr glaubt ja gar nicht, was für Unterschiede es gibt bei den Küssern. Galaktisch! Natürlich gibt es auch ein paar, von denen man sich mehr erwartet hätte. Tolle Verpackung, nichts dahinter. Da heißt es: Finger von lassen und in die Wüste schicken."

Sie warf Merit einen vielsagenden Blick zu, aber die schaute sie nur verträumt an.

Merit und Emmy ähnelten sich da sehr. Beide waren bis in die Fußzehen romantisch veranlagt, nur dass Emmy sehr selbstsicher war und geduldig darauf wartete, dass der Märchenprinz auftauchte und es *Peng!* machte. Merit dagegen glaubte offenbar, in einem halbwegs netten Jungen, der sie länger als zwei Sekunden anlächelte, den Richtigen zu erkennen.

„Mann“, ächzte Josy nun und richtete sich auf. „Vincent kannst du abhaken, Merit. Erstens will er nichts von dir, und zweitens küsst er total mies. So, jetzt ist es raus.“

Josy hatte mit Vincent geknutscht?! Was war das jetzt wieder? Sie musste doch mitbekommen haben, dass Merit auf ihn stand?

Merit drehte sich steif wie ein Stockfisch am Grill zu Josy. „Du ... und ... Vincent? Du hast ihn ... geküsst?!“

„Jetzt bleib mal locker.“ Josy machte eine wegwerfende Handbewegung. „Ich habe ihn zuerst gesehen und gesagt, dass ich ihn süß finde. Woher soll ich wissen, dass du dich gleich voll verguckst? Hättest du klipp und klar gesagt, dass er tabu ist, hätte ich die Finger von ihm gelassen.“

Sicher? Es war offensichtlich gewesen, dass Merit etwas von ihm wollte, dachte Matilda. Andererseits gehörten aber immer zwei dazu, und wenn Vincent nicht auf Merit stand, Josy aber klasse fand und das auf Gegenseitigkeit beruhte ...?

„Das ist so unfair!“ Merit schüttelte den Kopf, den Blick auf die tanzende Flamme der Lampe in ihrer Mitte gerichtet. „Ich habe echt gedacht, dass Vincent was für mich übrighat. Mann, vielleicht hätte ich ihn gleich auf der Party auf dem Hof an-

sprechen müssen … Kann halt nicht jede wie du sein." Der Kommentar ging an Josy.
„Gut so", antwortete Josy mit einem Grinsen, wurde aber schnell ernst. „Ja. Sorry, Merit. Aber, wie gesagt, sooo hammermäßig war das nicht mit ihm. Ich sage nur Schlabber und Glibber."
„Bäh! Verschone uns bitte mit Details!"
Emmy, die in den letzten Minuten stiller geworden war, schüttelte heftig den Kopf.
Seltsam. Matilda hatte angenommen, ihre Freundinnen würden ihr eine Hilfe sein. Aber jetzt wirbelten ihre Gedanken und Gefühle noch wilder durcheinander als zuvor.
Unter Liebe verstand wohl jede etwas anderes. Es gab nichts, an dem man sich orientieren konnte, kein Signalfeuer, das einen die gefährlichen Untiefen sicher umschiffen ließ. Man musste selbst seinen Kurs finden.
Statt sie dabei zu unterstützen, hing nun jede ihren Gedanken nach. Josy fragte sich wahrscheinlich, wen sie als Nächstes anmachen konnte, nachdem Vincent sich als Fehlgriff herausgestellt hatte. Und Merit jammerte Vincent hinterher, der sich für die Partyqueen Josy entschieden hatte.
Nein, die Summer Girls waren heute zu aufgewühlt. Da war kein gutes Gespräch möglich. Vielleicht war es auch einfach schlechtes Timing? Auf so einer Strandparty machte ja jede

von ihnen Erfahrungen, die sie mit den anderen austauschen wollte. Matilda würde mit den anderen darüber reden müssen, wie sie es schaffen konnten, dass alle die Aufmerksamkeit bekamen, die sie verdienten. Aber nicht mehr heute. Heute musste sie selbst erst einmal zur Ruhe kommen. Und Antworten finden. Antworten auf die Frage, wie sie sich Lasse gegenüber verhalten sollte nach diesem wunderbaren Augenblick, der sie in ein solches Chaos gestürzt hatte.

Außerdem war es schon spät. Sie mussten aufbrechen, damit ihr Vater sich keine Sorgen machte.

Ob sie vielleicht mit ihrem Vater darüber reden ...?

Puh, wie verzweifelt musste sie sein, wenn sie darüber überhaupt nachdachte! Das ging ja mal gar nicht.

Wenn ihre Mutter noch da wäre, klare Sache. Mit ihr könnte sie über dieses Wirrwarr an Gefühlen sprechen, von Frau zu Frau.

„Natürlich!" Ups. Matilda war aufgesprungen, die anderen sahen sie überrascht an. Sie räusperte sich und klopfte sich den Staub der alten Möbel von der Hose. „Natürlich müssen wir jetzt los, wollte ich sagen."

Josy nickte. „Ja, was soll's? Der Sommer liegt noch vor uns, Mädels. Es wird genug andere Partys geben", sie legte Merit vorsichtig den Arm um die Schulter, „und genug andere süße Boys. Vergessen wir die Sache mit Vincent, okay?"

Merit schniefte und nickte schließlich. Matilda fragte sich, ob sie Josy tatsächlich so leicht verzeihen konnte. Oder lag ihr Einlenken nur wieder daran, dass sie Streit hasste?
Dieser Sommer würde wohl nicht nur zeigen, was jede Einzelne von ihnen unter Liebe und Freundschaft verstand. Sie würden sich weiterentwickeln, jede auf ihre Art. Ihre Ansichten würden sich verfestigen oder ändern. Matilda spürte, dass es nicht leicht werden würde für die Summer Girls. Aber sie war gespannt darauf, wie sie ihren gemeinsamen Weg finden würden.
Emmy stupste Matilda an, als hätte sie ihre Gedanken erraten. „Und dich machen wir auch noch glücklich", flüsterte sie und zwinkerte Matilda zu.
„Genau wie dich", erwiderte Matilda lachend.
Merit wischte sich noch eine Träne aus dem Augenwinkel, bevor sie sich alle fest in die Arme nahmen.
Gruppenkuscheln!
„Wer sind wir?", rief Josy mit einem breiten Strahlen und reckte die Faust in die Luft.
„Wir sind die Summer Girls!", riefen sie alle und jubelten.

Ein schlechtes Omen

„Bis morgen!“ Emmy drückte Matilda zum Abschied einen Kuss auf die Wange. „Und du weißt ja, dass du immer zu mir kommen kannst, wenn du reden willst?“

War das nicht süß von ihrer Cousine? Trotzdem brauchte Matilda jetzt etwas anderes.

„Danke, klar weiß ich das.“ Matilda umarmte Emmy noch einmal, bevor sie sich auf den Weg zum Anbau machte. Eine leichte Brise raschelte im Dünengras, Salzgeruch strömte vom Meer her. Wie immer blieb Matilda in der Mitte des Hofs stehen und legte den Kopf in den Nacken, um die Sterne zu betrachten. Die Sterne, unter denen sie Lasse geküsst hatte. Auch dieser Anblick war jetzt für immer anders und würde sie stets an ihn erinnern.

Sie ging die letzten Schritte, schloss die Tür auf und schlich nach drinnen. Der Duft von Rum mit heißem Wasser und Kandis stieg ihr in die Nase. Ihr Vater trank fast nie Alkohol,

aber abends gönnte er sich hin und wieder einen steifen Grog. Matilda liebte den Geruch, er bedeutete Gemütlichkeit und zu Hause sein. Sie mochte es, wenn ihr Papa relaxte. Aus dem Wohnzimmer drangen die Geräusche des Fernsehers.
„Bin wieder da und gehe gleich nach oben", rief sie ihm zu.
„Gute Nacht!", rief ihr Vater zurück.
In ihrem Zimmer warf Matilda einen Blick aus dem Fenster über die Dünen zum Strand. Immer noch flackerten in der Ferne vereinzelt Lagerfeuer, jedoch längst nicht mehr so viele wie vor ein paar Stunden, als sie mit ihren Freundinnen aufgebrochen war. Die älteren Jugendlichen würden die Nacht durchmachen, logisch. Für viele aber, die auf der Insel lebten, war morgen ein Arbeitstag wie jeder andere, und so verzogen sie sich früh ins Bett.
Matilda ließ sich auf ihres sinken. Die weiche Matratze gab nach. Matilda rollte sich auf den Bauch und tastete nach der ausziehbaren Lade. Sie holte die muschelbesetzte Schatzkiste hervor und öffnete sie behutsam, nahm den Schal heraus, legte ihn auf ihr Kopfkissen und schob mit der Fingerkuppe die Notizzettel ihrer Mutter beiseite, die Fotos, die silberne Kette.
Moment. Wo war das Armband?
Noch einmal kramte sie im Kästchen, legte schließlich die Bilder heraus, leerte den gesamten Inhalt auf ihre Decke, um ihn

besser überblicken zu können. Nein, es half nichts. Matilda hielt die Luft an.

Keine Spur von dem Armband!

Mit einem Sprung war Matilda aus dem Bett und ging auf die Knie. Es musste aus der Schatzkiste gerutscht sein, als Matilda sie das letzte Mal aufgeräumt hatte. Oder war es jetzt, beim Öffnen, herausgefallen und unter Decke oder Kissen geraten?

Matilda hob Kissen, Patchworkdecke und Laken hoch, bis alles ein Knäuel bildete.

Kein Armband.

Okay, keine Panik!

Hatte sie nach ihrer Rückkehr von der Glücksdüne das Kästchen noch einmal aufgemacht und das Armband woanders verstaut? Sie konnte sich nicht daran erinnern. Trotzdem knipste sie die Lampe am Schreibtisch an und untersuchte die Arbeitsfläche. Auch in den Fächern der Regale rechts und links – Bücher, Zeitschriften, Parfumflaschen, Fotos … aber kein Orakel-Armband. Verflixt, wo war es nur?!

Ruhig, Matilda, gaaanz ruhig. Still werden wie auf dem Board, wenn der Wind überraschend auffrischte und volle Konzentration verlangt war, um sicher an Land zu kommen.

Gestern war noch alles in Ordnung gewesen. Sie war mit dem Kästchen in die Scheune zu den Katzenbabys gegangen. Dann war Valerie aufgetaucht.

Valerie, die sich auf der Leiter fast den Hals verdreht hatte, um einen Blick hinter Matildas Rücken werfen zu können.
Valerie, deretwegen sie überhaupt erst Trost beim Schatzkästchen gesucht hatte.
Valerie, die ihr am Morgen schon so blöd gekommen war.
Valerie, der Matilda tatsächlich zutraute, dass ihr kein Mittel zu mies war, um ihr eins auszuwischen.

Ebbe im Herzen

Mit jedem Schritt, den Matilda die Treppe hinunterpolterte, war sie sich sicherer, dass nur Valerie schuld am Verschwinden des Armbands sein konnte. Wer sonst hätte etwas davon, ihr dieses Erinnerungsstück an ihre Mutter zu nehmen?

Die wütende Welle in ihr wuchs zu einem gewaltigen Brecher, der alles, was sich ihr in den Weg zu stellen drohte, hinwegspülen würde. Eine Sturmflut war ein Schluck Wasser dagegen!

Aus dem Wohnzimmer im hinteren Teil des Anbaus plärrte immer noch der Fernseher. Matilda hörte Sirenen, aufgeregte Stimmen, Schüsse. Offenbar lief ein Krimi. Die Polizei verfolgte den Täter – tja, auch Matilda war der Verbrecherin auf der Spur und würde nicht eher Ruhe geben, bis sie dieses Biest am Wickel hatte! Dass es schon halb elf war und sie kaum Chancen haben dürfte, das Seepferd allein im Haupthaus anzutreffen, war ihr egal.

TV-Kommissare machten auch keinen Feierabend, oder? Und je mehr Zeugen sie hatte, wenn sie endlich einmal beweisen konnte, was für eine linke Bazille Valerie in Wahrheit war, desto besser!

Matilda würde sie so lange bearbeiten, bis sie ein Geständnis ablegte. Oder sie fand das Armband in ihrem Zimmer, und wenn sie es dafür mit dem Kiel nach oben stellen musste!

Sie riss die Tür auf und eilte über den Hof. Mit einem Satz nahm sie die drei Stufen zum Haupthaus und drückte auf die Klingel.

Eigentlich unnötig. Die Polizei läutete nicht, wenn sie kurz vor der Aufklärung eines Schwerverbrechens stand, sondern stürmte mit einem Tritt gegen die Tür und einem Sondereinsatzkommando die Wohnung des Verdächtigen. Blöd, dass Matilda keine Übung im Türeneintreten hatte. Und ein Sondereinsatzkommando hatte sie gerade nicht im Schlepp. Aber wie hieß es in den Krimis, wenn die Beamten befürchteten, der Täter könne sich vom Acker machen oder wichtige Beweisstücke vernichten – Gefahr im Verzug?

Sie kramte ihren Schlüsselbund hervor, an dem sich neben ihren eigenen Schlüsseln die für die Scheune, Tante Maikes Atelier, die Ferienwohnungen, sämtliche Türen des *Sunny-Beach*-Schuppens und des Haupthauses befanden. Zwar gab es Regeln zur Privatsphäre, aber sie lebten hier alle eng zusammen. Hin und wieder war es nötig, schnell etwas aus dem Büro oder Tante Maikes Atelier zu holen, ohne erst lange jemanden suchen zu müssen, der einem aufschloss.

Matilda öffnete die schwere Holztür. Das Haupthaus war weit größer als der Anbau, in dem Matilda mit ihrem Vater wohnte, aber ähnlich aufgebaut. Matilda trat in den breiten Flur, der hier eher einer Eingangshalle glich. Links führten zwei Türen ins Büro und den Schulungsraum, rechts ging eine Treppe nach oben, wo Emmy, Jan und Valerie hausten. Im Erdgeschoss lagen Küche, Ess-, Wohn- und Schlafzimmer von Onkel Sven und Tante Hille … aus dem diese genau jetzt, im blau-weiß gestreiften Pyjama und verschlafen im verstrubbelten Haar nestelnd, nach vorn tapste.

„Matilda? Ist was passiert? Ist was mit Nils?“

Matilda schüttelte den Kopf – was Tante Hille kaum sehen konnte, da sie sich nun die Augen rieb.

„Nein“, sagte Matilda ohne weitere Erklärungen. „Ist Valerie oben?“

Tante Hille blinzelte und nickte verwirrt. Matilda schoss die Stufen hoch und riss Valeries Zimmertür auf.

Valerie hockte in Schlabberklamotten im Schneidersitz auf dem Bett, ihren Laptop aufgeklappt vor sich. Über dessen Bildschirm hinweg sah sie Matilda erst überrascht, dann eindeutig wütend an.

„Sag mal, tickst du noch ganz richtig?!"

„Wo ist mein Armband?!", platzte Matilda heraus.

Valerie runzelte die Stirn. Die Rolle des Unschuldslamms war ihr auf den Leib geschrieben. Niemand konnte sich besser verstellen als sie.

Matilda holte tief Luft. „Tu nicht so! Du weißt genau, wovon ich spreche. Du hast in der Scheune doch Stielaugen gemacht!"

Ihr Herz hämmerte, in ihrem Kopf brach sich die Monsterwelle und spülte die Worte durcheinander. Sie wollte ihr Armband wiederhaben, und zwar sofort!

Valerie schob den Laptop vom Schoß.

Wieso verteidigte sie sich nicht?! Sie musste sich doch etwas überlegt haben für den Moment, in dem Matilda das Verschwinden des Armbands bemerken und auf sie zukommen würde. Oder gehörte das zu ihrer Taktik, voll gechillt zu bleiben? Quallen, Quark und Möwenschiete, da *musste* man ja noch viel wütender auf sie werden!

„Kann mir mal jemand sagen, was hier los ist?" Das war Onkel Sven. Er schob sich die Treppe herauf, gefolgt von einer jetzt eindeutig wachen Tante Hille.

„Das wüsste ich auch gern", sagte Valerie mit einem breiten Grinsen im Gesicht. Sie war offenbar froh über das Publikum, das sie nun hatte, um ihre *Ich-bin-total-unschuldig*-Show abzuziehen.

„Was ist denn das für ein … oh.“ Die Tür zu Emmys Zimmer hatte sich geöffnet. Emmy – schwarze Jogginghose, schwarzes Shirt mit glitzerndem Totenkopf drauf – lugte heraus, ein Buch in der Hand haltend. Ihr Blick ging von Matilda zu Onkel Sven, Tante Hille und wieder zu Matilda. Sie hob fragend die Schultern, ihre Lippen formten die Frage, was los war.

Tja, das konnte Matilda ihr sagen. Und allen anderen. Bis auf Jan, der mit seiner Gefolgschaft sicher wieder die Bars und Clubs auf der Insel abklapperte, waren ja alle anwesend. Sie hob den Finger und wandte sich Valerie zu.

„Sie hat mein Armband genommen, um mir eins auszuwischen!“

Das Grinsen auf Valeries Gesicht hielt noch zwei Sekunden, dann fiel es herab. „Ich habe bitte was?!“

„Mein Armband. Du bist heimlich in mein Zimmer gegangen, als ich nicht da war, und hast es genommen. Wo ist es?“

Wahrscheinlich würde Valerie eher tot umfallen, als zu verraten, wo sie es versteckt hatte. Half also nur, es selbst zu suchen. Matilda steuerte den Schreibtisch an und streckte die Hände nach der obersten Schublade aus.

„Ey, hallo?! Sag mal, brennt’s bei dir?“ Valerie stieg aus dem Bett und drängte sich zwischen Matilda und den Tisch. Sie verschränkte die Arme und wandte sich an ihre Eltern und

Emmy. „Ich habe keine Ahnung, was sie will." Sie schaute wieder Matilda an. „Die Einzige, die ungefragt in das Zimmer anderer Leute platzt, bist du."
„Doch nur, weil *du* mein Armband geklaut hast." Matildas Stimme brach fast. Ihr Herz hämmerte, und sie spürte die Tränen in sich aufsteigen. Aber den Triumph würde sie dem Seepferd nicht gönnen, dass sie hier vor ihr losheulte!
„Zum Mitschreiben", sagte Valerie. „Ich – habe – dein – blödes – Armband – nicht! Ich weiß nicht einmal, was für ein Teil das sein soll."
„Das ist egal. Es gehört mir!" Es fehlte noch, dass sie ausplapperte, was es mit dem Armband auf sich hatte! Das ging weder Valerie noch Onkel Sven und Tante Hille etwas an. Emmy war die Einzige im Raum, der Matilda etwas so Intimes anvertrauen würde. Sie warf ihr einen hilfesuchenden Blick zu. Emmy musste doch wissen, dass sie Recht hatte, oder?
„Das ist ganz schön heavy, Matilda, echt jetzt." Emmy blähte die Wangen und sah an Matilda vorbei zu Valerie. „Valli soll bei dir eingebrochen sein und dieses Armband gemopst haben? Wieso?" Sie schüttelte den Kopf. „Ehrlich, Matilda. Ich kann mir das nicht vorstellen."
Nicht einmal Emmy glaubte ihr! Okay, Valerie war ihre Schwester, sie *musste* in einer solchen Situation wohl zu ihr halten, ob sie wollte oder nicht. Matilda konnte ihr deswegen

nicht einmal böse sein. Aber stand denn wirklich niemand auf ihrer Seite?! Sah denn keiner, dass Valerie ständig Stress machte? Die ewigen Intrigen, wenn es darum ging, ob Matilda reif genug war, die Fortgeschrittenen zu unterrichten. Oder dass sie es gleich zu ihrem eigenen Vorteil genutzt hatte, als Matilda tatsächlich einmal auf ihre Hilfe angewiesen gewesen war? Und nun hatte sie ihr sogar gestohlen, was ihr so viel bedeutete!

„Jetzt tickt sie vollkommen aus." Valeries empörte Stimme drang von weit her zu ihr. „Sie hat das alberne Ding verschlampt und macht mich hier blöd an! Ist das zu fassen? Wenn sie das nächste Mal eine Socke vermisst, wird sie mich lynchen!"

„Jetzt beruhigen wir uns erst einmal, ja?", sagte Onkel Sven. „Das sind heftige Anschuldigungen, die du da erhebst, Matilda. Und da Valerie versichert, dass nichts dran ist, habe ich keinen Grund, an ihr zu zweifeln."

„Dinge gehen nun mal verloren", fügte Valerie hinzu. „That's life."

Was für ein unfassbar dämlicher Spruch! Wenn das wirklich das Leben war, konnte es Matilda gestohlen bleiben. Dann nahm man besser nicht daran teil. Da gab es etwas, durch das man sich richtig, richtig gut fühlte, und genau das sollte man im nächsten Moment für immer *verlieren?!*

Krönchen richten und weitergehen, als wäre nichts passiert?

Nein, nein, nein!
Aber konnte man etwas dagegen machen? Wahrscheinlich genauso wenig wie gegen die Tränen, die einem zu den unmöglichsten Zeiten in die Augen schossen. Matilda wischte sich mit einer schnellen Geste übers Gesicht.
„Du hast sicher eine Erklärung für dein Verhalten." Die Hände, die sich von hinten auf ihre Schultern legten, erkannte sie, ohne dass sie sich umdrehen musste. „Ich habe dir hinterhergerufen, als du aus dem Haus gestürmt bist, aber du hast mich nicht gehört. Also?"
Matilda nahm den Blick nicht von Valerie. Der Griff an ihren Schultern wurde fester. Matilda spürte, dass ihr Vater sie nicht verletzen wollte. Eher beschützen. Vor sich selbst und ihrem überschäumenden Temperament. Trotzdem stemmte sie sich gegen den Halt, bis es fast wehtat.
„Deine Tochter", hörte sie Onkel Sven hinter sich, „ist hier ohne jede Erklärung hereingeplatzt und beschuldigt meine Tochter, etwas gestohlen zu haben. Ein Armband oder was auch immer."
„Stimmt das?", fragte Matildas Vater. Sie antwortete nicht.
„In Ordnung", sagte er und drehte sie mit sanfter Gewalt von Valerie weg. „Keine Antwort ist mir Antwort genug. Entschuldigt bitte die Störung, wir reden morgen darüber. Matilda und ich gehen. *Jetzt!*"

Er schob sie an Onkel Sven und Tante Hille vorbei. Emmy stand, das Buch fest umklammert an die Brust gedrückt, in der Tür und sah Matilda mitfühlend an.

Die Wut war verraucht, jetzt, da klar war, dass Valerie nie zugeben würde, das Armband geklaut zu haben. Matilda würde es niemals wiedersehen.

Die Welle in ihr brach zusammen und lief am Strand aus. Das Wasser verschwand, zog sich kilometerweit zurück und hinterließ nur Leere. Die liebste Erinnerung an ihre Mutter war für immer verloren.

Ihr Vater führte sie über die Treppe nach unten und lotste sie aus dem Haus. In der Mitte des Wegs zum Anbau blieb er stehen.

Ein paar Wolken schoben sich über die Sterne, der Wind frischte auf. Ihr Vater drehte sie zu sich.

Gut, jetzt noch das Donnerwetter über sich ergehen lassen, dann ins Zimmer verschwinden, die Decke über den Kopf und losheulen. Aber wahrscheinlich war sie nicht einmal mehr dazu in der Lage. Ebbe im Herzen.

Statt ihr eine Standpauke zu halten, zog ihr Vater sie an sich. Er küsste sie auf den Scheitel, bevor er sie wieder ein Stück von sich wegschob und fragend ansah.

„Ich gehe davon aus“, sagte er, „dass du selbst weißt, wie daneben das gerade war? Wir werden uns noch darüber unterhalten müssen. Aber erst einmal will ich wissen, was dich so durcheinandergebracht hat. Du vermisst ein Armband? Etwa *das* Armband?“

Matilda nickte, und nun waren die Tränen nicht mehr zurückzuhalten. Alle Dämme brachen. Sie genoss das Gefühl, dass ihr Vater einfach da war, auch wenn das beruhigende Tätscheln auf ihrem Rücken nichts, aber rein gar nichts daran ändern konnte, dass das Leben schrecklich war.

„Wie kommst du darauf, dass Valerie es gestohlen hat?“, fragte er.

„Ich war bei den Katzen“, brachte Matilda hervor, „bevor ich zu meiner …“ Nein, die Düne war ihr Geheimnis, das sie nicht preisgeben wollte. Sie richtete sich auf, wischte die Tränen fort. „Bevor ich spazieren gegangen bin. Und da hat Valerie Mamas Armband gesehen.“

„Bevor du spazieren gegangen bist?“, wiederholte ihr Vater. „Hattest du es denn dabei? Könnte es nicht sein, dass du es unterwegs verloren hast?“

Matilda starrte ihn an.

Die Glücksdüne.

Natürlich hatte sie die Schatzkiste dabeigehabt. Natürlich hatte Matilda sie geöffnet. Natürlich hatte sie das Armband herausgenommen – und ja, es war vorstellbar, dass es ihr dort heruntergefallen war und sie es nicht bemerkt hatte. Vorstellbarer zumindest als eine Valerie, die ihr Zimmer durchwühlte und sie bestahl. Möwenschiet und Quallenplage! Da hatte sie womöglich wieder einmal selbst dafür gesorgt, dass alle sie für aufbrausend und hysterisch hielten.

Egal. Ihr Armband lag irgendwo zwischen Ginsterbüschen und Dünengras halb verborgen im Sand! Sie musste es auf der Stelle suchen. Sie machte sich los.

„Hoho“, sagte ihr Vater. „Egal wohin du willst, um diese Uhrzeit findest du sowieso nichts.“ Er legte den Arm um ihre Schulter und zog sie weiter. Er lächelte, aber auf eine nachdenkliche, beinahe traurige Art und Weise. „Weißt du, deine Mutter war wie diese Insel. Ruhig und wunderschön. Ich habe mich jeden Tag, jede Stunde neu in sie verliebt.“

Matilda hatte sich nie Gedanken darüber gemacht, was ihr Vater wohl fühlte, wenn er an ihre Mutter dachte. Ob er wie Matilda ihre Gegenwart spürte, wenn die Touris die Insel im Herbst verließen und er am menschenleeren Strand spazieren ging? In den feinen Sandkörnern, die der Wind ihm ins Gesicht blies, im Wogen des Dünengrases, in den wilden Wellen, die sich brachen?

„Sie konnte aber auch rau und ruppig sein“, fuhr er fort. „Aufbrausend und voller Wucht. Unberechenbar eben. Wie das Meer.“ Er sah Matilda tief in die Augen, voller Liebe. „Genau wie du.“

Matilda schluckte. Ihr Vater lächelte. „Und genau aus diesem Grund mache ich dir jetzt erst einmal eine heiße Milch. Dann gehst du schlafen und morgen begibst du dich auf die Suche."

Heiße Milch half in Papas Welt gegen alles: Hibbeligkeit, Pickel und Weltuntergang. Diesmal würde sie nichts nutzen.

Aber er hatte Recht: Heute hatte Matilda sich schon einmal von ihren spontanen Gefühlen leiten lassen. Was dabei herausgekommen war, sah man ja. In den Dünen war es stockdunkel, das wenige Licht von der Promenade drang nicht bis zu ihrem geheimen Platz. Sie musste sich also wirklich bis morgen früh gedulden, statt im Dunkeln noch selbst verloren zu gehen.

Klare Sicht bei starkem Wellengang

„Ich bin dann mal weg!“ Matilda zog die Tür hinter sich zu und sprang mit schnellen Schritten über den Hof. Drüben bei der Scheune begrüßte Sleeper sie mit einem einzelnen Bellen, bevor er wieder den Kopf auf die Pfoten legte.

Extrem gesprächig heute, der Gute.

Dabei sah er völlig erschöpft aus. Kein Wunder. Lucky hatte ihren Jungen den Weg vom Dachboden gezeigt, und so erkundeten sie nach und nach das Gelände – inklusive Sleeper. Während zwei winzige Katzen sich mit seinem Schwanz beschäftigten, der immer und immer wieder zuckte und vor ihnen wegwischte, wenn sie auf ihn stürzten, krabbelte der Rest der Truppe auf seinen Rücken. Die Kätzchen purzelten ein ums andere Mal herunter wie Matildas Minis bei den ersten Versuchen, das Board zu erklimmen. Zu süß!

Kaum zu glauben bei dem Stress, den es in den letzten Tagen gegeben hatte, bei all dem Wirrwarr an Gefühlen – aber sie vermisste die Kids. Vor allem Jennys neugierige Fragen fehlten ihr. Wie gut, dass sie morgen wieder mit ihnen im Wasser sein konnte.

Sie schob ihr Rad aus der Scheune, schwang sich darauf und radelte vom Hof, an der Weide entlang zur Promenade, wo sie es nach wenigen Hundert Metern an einer Bank abschloss und zu Fuß weiterging. Sie sah sich um, ob niemand ihr folgte … und bog ab in die Dünen.

Der Himmel war klar. Möwengeplapper und das beständige Rauschen der Wellen, das Tuckern der Fischerboote vermischten sich mit den Stimmen der ersten Urlauber, ausnahmslos ältere Leute um diese Uhrzeit, die am noch leeren Strand oder auf der Promenade spazieren gingen. In ein oder zwei Stunden würde sich alles füllen. Dann war Schluss mit Ruhe. Man musste die Insel kennen, um die Hotspots zu meiden und zu wissen, an welchen Orten man auch mal allein sein und seinen Gedanken nachhängen konnte.

Aber Matilda war nicht gekommen, um zu chillen. Sie tauchte zwischen den Dünenkämmen ab, die ihren geheimen Ort umschlossen. Dort zwischen den Büschen hatte sie gesessen. Dort hatte ihr das Orakel ein Herz gezeigt – und Recht behalten.

Matilda fuhr sich mit der Zungenspitze über die Lippen. Wie Lasse sie angesehen, wie er sie sanft berührt hatte, und dann dieser Kuss.

Stopp!

Sie ging auf die Knie. Nein, keine Spur von ihrem letzten Besuch. Der Wind wehte beständig auf der Insel. Er trug den Sand vom Strand oder von einer nur leicht bewachsenen Düne ab und häufte ihn an anderer Stelle wieder auf. Normalerweise ein Glücksfall, zumindest für sie und ihren geheimen Ort, denn er sah immer unberührt aus … aber genau das machte ihr die Suche jetzt schwer.

Es war gut möglich, dass das Armband direkt vor ihr lag und sie es trotzdem nicht sah.

Sie grub ihre Finger in den Sand. Unter der obersten, heißen Schicht fühlte er sich wunderbar kühl an.

Sie kroch rückwärts, tastete, zog sich weiter zurück, mit den Händen den Sand durchforstend wie eine Archäologin auf Expedition. Etwas stach in ihr linkes Knie, wahrscheinlich ein Zweig, Dornen … oder …?

Schnell hob sie das Bein, wühlte mit den Händen an der Stelle, auf der sie gerade gekniet hatte und …

„YES!!!"

Ups. Matilda hob den Kopf und lugte über die Dünenkämme. Alles im grünen Bereich. Der Steg, der etwas entfernt vorbeiführte, war nach wie vor leer.

Matilda ließ sich fallen, drehte sich auf den Rücken und hielt das Armband hoch. Die Anhänger glitzerten silbern vor dem

endlosen Blau des Himmels. Da war sie wieder, die vertraute Ruhe, die das Schmuckstück so magisch machte.
Gestern hatte sie noch geglaubt, dieses Gefühl nie wieder zu spüren.
Gestern hatte sie auch noch angenommen, Valerie hätte das Armband gestohlen.
Peinlich, peinlich.
Ihre Hand rutschte in den Sand.
Matilda seufzte. Eine Entschuldigung beim Seepferd brauchte sie gerade so nötig wie eine Haifischattacke auf offener See.
Valerie hatte es *immer* verdient, dass man sie zusammenstauchte. Irgendwas Gemeines heckte sie ständig aus. Aber in diesem speziellen Fall hatte Matilda ihr tatsächlich Unrecht getan. Sie würde sorry sagen müssen, und das möglicherweise vor der versammelten Mannschaft. Es half nichts, sie würde sich ein paar Worte zurechtlegen und sich darauf gefasst machen müssen, dass alle auf sie losgingen, weil sie wieder einmal zu impulsiv gewesen war.
Aber nicht jetzt. Vielleicht morgen.
Jetzt wollte sie erst einmal genießen, dass sie wieder komplett war. Ja, tatsächlich: Ohne das Schmuckkästchen und jeden einzelnen Schatz darin fühlte sie sich, als fehlte ihr ein Arm oder ein Bein. Die Erinnerungen an ihre Mutter waren ein Teil von ihr.

Orakel, Orakel – was sagst du mir diesmal?
Ihre Finger glitten über die Anhänger. Matilda griff blind nach dem ersten Silberplättchen und hob das Band daran hoch.
Tja, was sonst?
Im Blau über ihr glitzerte eine Welle: drei kräftige geschwungene Linien, die durch dünne, kaum zu sehende Silberfäden miteinander verbunden waren.
Ja, sie sollte heute an ihrem freien Tag am Wasser sein und surfen. Dort war sie zu Hause, dort wusste sie immer, was zu tun war, wie sie sich in jeder Situation zu verhalten hatte.
Ganz anders hier, im echten Leben.
Seit der Willkommensparty wurde dieses Leben durcheinandergeschleudert wie eine Nussschale auf hoher See. Ihre Gefühle machten mit ihr, was sie wollten. Hatte sie sich klar dafür entschieden, Lasse zu sagen, dass da nichts zwischen ihnen sein durfte, lag sie im nächsten Moment mit ihm in den Dünen.
Mit der Welle wollte das Orakel ihr mitteilen, dass Matilda nach draußen gehen sollte aufs Meer, wo alles klar und einfach war.
Aber war es das mit Lasse nicht auch?
Sie mochte ihn. Sehr. Dieser Augenblick zwischen ihnen war wunderbar gewesen, einzigartig.
Und genau das musste er bleiben.

Wie hatte Merit beim Treffen der Summer Girls gesagt? Nicht jede konnte so sein wie Josy. Josy war eine der weltbesten Freundinnen, aber ihre Einstellung zu Jungs und der Liebe war zurzeit etwas … na ja, offenherzig.

Matilda war bestimmt nicht so hoffnungslos romantisch wie Emmy, aber für sie kam trotzdem nur etwas Festes in Frage. Und da Lasse nun mal nicht auf der Insel lebte, schloss ihn das als festen Freund aus – so schwer ihr das auch fiel.

Matilda kam ein Gedanke wie das Aufblitzen der ersten Sonnenstrahlen auf dem Meer: Es gab kein Schwarz und Weiß, kein Entweder-mag-ich-ihn oder Ich-mag-ihn-nicht. Die Wahrheit konnte auch dazwischen liegen.

Bis jetzt hatte sie so tun wollen, als empfände sie nichts für Lasse. Das hatte nicht funktioniert, eben *weil* sie sehr wohl Gefühle für ihn hatte.

Genau das musste sie ihm sagen: dass es nicht noch komplizierter werden durfte, als es schon war; dass es unendlich schmerzen würde, wenn sie sich auf ihn einließe und er in wenigen Wochen der Insel, und damit auch ihr, Goodbye sagen würde.

Das klang logisch, das klang gut. Endlich hatte sie eine klare Sicht auf die Dinge. Aber konnte sie es genau so ausdrücken, wenn sie Lasse erst morgen wiedersah?

Nein. Jetzt.

Matilda lehnte sich zur Seite, um ihr Handy aus der Tasche zu ziehen. Sie musste sich sofort mit Lasse treffen! Wenn er nicht gerade mit seinem Vater im Flieger unterwegs war, würde er sicher zum Bossenhof kommen und … nein, keine gute Idee.

Da wartete das Seepferd. Valerie würde auf eine Entschuldigung von Matilda bestehen. Die konnte sie gern haben, aber eben nicht jetzt.

Die Cafés an der Promenade waren um diese Uhrzeit auch noch geschlossen. Außerdem musste es ein abgeschiedener Ort sein … am besten mit dem Rauschen des Meeres in ihren Ohren, dem Geruch der Kräuter, dem Rascheln der Büsche im Wind, den feinen Sandkörnern, die an der frisch eingecremten Haut klebten … Ganz klar, ihre Glücksdüne war der perfekte Ort für ein solches Gespräch!

Sie scrollte bis zu seinem Namen. Einen Moment lang schwebte ihr Finger über dem Display. Dann drückte sie auf *Anruf*. Die Verbindung baute sich auf. Nach dem dritten Läuten nahm Lasse ab. „Hallo?"

„Hi, Lasse." Hilfe, schnell räuspern! „Hier ist Matilda. Du musst mich für komplett durchgeknallt halten. Es tut mir echt leid, dass ich gestern einfach abgehauen bin. Aber es ging nicht anders. Es war … also … ich glaube, wir müssen reden."

Lasse schwieg. Matilda biss sich auf die Unterlippe.

„Das glaube ich auch", antwortete er nach endlos erscheinenden Sekunden reserviert.
„Kannst du zu mir kommen? Gleich? Also nicht auf den Hof, sondern …" Matilda erklärte ihm den Weg am *Seaside* vorbei und an der Promenade entlang. „Da siehst du dann mein Rad an einer Bank stehen. Ein Stück Richtung Dorf führt ein Steg zum Strand. Wenn du den bis zur Hälfte gegangen bist, ruf mich an."
„Klingt ja extrem geheimnisvoll. Gib mir eine halbe Stunde, dann bin ich da. Deine Nummer habe ich jetzt ja", sagte Lasse, vorsichtig, wie Matilda fand. Aber konnte sie ihm das übel nehmen? Sie atmete tief ein, als sie auflegte. Eine lustige Kaffeefahrt auf dem Ausflugsdampfer würde das nicht werden.
Aber gut, sie hatte eine halbe Stunde. Zeit genug, sich zu sammeln. Matilda verstaute das Handy und legte sich, das Armband mit der Welle und dem Herzen immer noch in Händen haltend, zurück, um in den Himmel zu schauen.

Sonnenkribbeln und ein Geheimnis

„Ja, ich sehe dich schon.“ Lasse winkte, das Handy am Ohr, vom Steg zu ihr herüber. Matilda hob ihrerseits die Hand und beobachtete vom Kamm der Düne aus, wie er geduckt zu ihr schlich. Jetzt tat er auch noch so, als würde er wie einer von der Security in ein Mikrofon am Hemdkragen reden.

Scherzkeks.

Er grinste, als er zu ihr hinaufstapfte, wirkte aber angespannter als sonst. Trotzdem war da sofort wieder dieses Kribbeln, das Matilda bei ihrer ersten Begegnung in den Fingerspitzen gespürt hatte, das nun aber irgendwo zwischen Magen und Herzen saß.

Ein Gefühl wie Sonnenstrahlen auf der Haut, nur von innen.

Aber so schön dieses Gefühl auch war – Matilda durfte ihm nicht nachgeben. Auf keinen Fall.

Da musste sie jetzt durch – nur so konnte sie wieder frei atmen, sich auf ihr Leben konzentrieren, auf ihre Aufgaben im *Sunny Beach*, darauf, ihrem Vater, Onkel Sven und den anderen endlich zu zeigen, dass sie ihr den Traum nicht länger verbieten durften. Sie *war* professionell genug für die Fortgeschrittenen!

Sie wollte sich endlich voll auf diesen wunderbaren Sommer einstellen, der vor ihr, Emmy, Merit und Josy lag. Sie wollte die Zeit mit den Summer Girls genießen, für die anderen da sein. Und für all das musste sie jetzt ein für alle Mal die Sache mit Lasse klären. Diesmal würde sie es durchziehen!

„Hi." Lasse stand vor ihr, die Haare wie das Dünengras im Wind wehend, die Bernsteinaugen hell und klar. Er fuhr sich mit der Zungenspitze über die Lippen, machte einen Schritt auf Matilda zu, zögerte, beugte sich dann doch vor.

Matilda schluckte und umarmte ihn. Stocksteif. Wie einen flüchtigen Bekannten.

Lasse runzelte die Stirn, als sie sich von ihm zurückzog.

Matilda lief ihm voran die Düne hinab, die nächste wieder hinauf und noch einmal ein kurzes Stück hinunter, bis sie ihren magischen Ort erreichte. Lasse folgte ihr schweigend.

Lasses Bein berührte ihres kurz, als sie sich setzten, ein Bizzeln schoss durch den Oberschenkel und befeuerte das Sonnenkribbeln in ihrem Brustkorb. Matilda rückte von Lasse ab.

Lasses Stirn schlug wieder Wellen. Er wartete einen Moment, dann sah er sich um.

„Wenn du gerade nicht auf dem Radar aufgetaucht wärst, hätte ich bestimmt zwei Meter an dir vorbeilaufen können, ohne dich zu sehen.“ Er drehte sich zu ihr und versuchte, ihren Blick einzufangen. „Romantisch hier.“

Das sollte sich wie eine Feststellung anhören, war aber eher eine Frage. Oder gleich ein ganzes Fischernetz voller fangfrischer Fragen. Matilda hörte das Unausgesprochene laut und deutlich: *Was war das gestern? Was willst du mit mir besprechen? Was ist das zwischen uns?*

Lasses Hand rutschte von seinem Knie in den Sand direkt neben ihre. Zufall? Nein, er tastete sich vor, streckte den Zeigefinger, berührte ihren Unterarm.

Aufspringen, weglaufen, bevor das Kribbeln übermächtig wurde – das wäre jetzt das Richtige.

Matilda zog den Arm weg, spannte die Muskeln in den Beinen, stützte sich mit der anderen Hand im Sand ab und … ein leises Klimpern hielt sie zurück, diesem Impuls nachzugeben.

Matilda hob das Armband mit den Anhängern hoch, ihren Rettungsanker, fasste die drei geschwungenen Linien der Welle mit Daumen und Zeigefinger beider Hände und strich darüber.

„Sieht hübsch aus“, sagte Lasse.

„Es ist von meiner Mutter.“ Nur ihr Vater hatte das bis jetzt gewusst – was es ihr bedeutete … und warum.
In Matildas Hals bildete sich ein Kloß, dick wie das Watt bei Ebbe, ein Haufen glitschigen Seetangs am Strand, als Lasse die unvermeidliche Frage stellte: „Wo ist sie eigentlich? Ich habe sie bisher noch gar nicht getroffen.“
Gerade war sie seinem Blick noch ausgewichen, hatte versucht, bei sich selbst zu bleiben, um den Gefühlen, die er in ihr auslöste, kein Futter zu geben – jetzt *musste* sie ihn ansehen. Auch wenn sie ihn nur wie durch einen Schleier wahrnahm. Die Bernsteinaugen waren jetzt der einzige Fixpunkt. Das Leuchtfeuer, an dem sie sich orientieren konnte.
„Sie ist gestorben, als ich sieben war.“ Ihre Stimme klang belegt, jeden Moment konnte sie kippen. Egal. Sie musste weiterreden. „Ich kann mich kaum noch an sie erinnern. Da gibt es nur immer wieder einzelne Sachen, die auf einmal hochkommen, ganz plötzlich.“ Wie Strandgut, vom Meer nach Lust und Laune preisgegeben und an Land gespült. Sie zuckte die Schultern. „Aber woran ich mich genau erinnere, ist, dass ich das damals gar nicht richtig verstanden habe.“ Ihre Mama, im Himmel auf einer Wolke hockend und sie von dort beobachtend? Das konnte auch der siebenjährigen Matilda keiner erzählen! „Ich habe echt geglaubt, ich muss nur lange genug warten, dann kommt sie zurück.“ Der Kloß wanderte in

ihrer Kehle nach oben, der Schleier wurde dichter. „Ich habe einfach weitergemacht, als wäre nichts passiert. *Das* ist das Schlimmste."

Lasse neigte den Kopf, hielt ihren Blick fest. Mitfühlend. „Du warst ein Kind, wie solltest du so etwas begreifen können?"

Natürlich, das hatte sie sich schon oft gesagt, und es stimmte ja auch. Aber es war etwas anderes, etwas zu *wissen* und es tatsächlich zu *fühlen*.

„Meine Eltern hatten eine Fernbeziehung, vorher", fuhr sie fort. „Sie haben sich ineinander verliebt, als mein Vater als Lehrer in Augsburg war. Sport und Geschichte. Aber er war da nie wirklich glücklich, sagt er. Das Meer hat ihm gefehlt." Sie sah das Armband an, ließ es in die Tasche der Cargohose gleiten. „Tja, dummerweise hat meine Mutter mit dem Inselleben gar nichts anfangen können. Sie haben es versucht, als ich geboren wurde, aber das ging nur ein halbes Jahr gut. Den Wind fand sie furchtbar, die vielen Touristen grässlich, das ewige Donnern des Meers machte sie fertig. Also ist sie mit mir zurück nach Augsburg gezogen. Er ist hiergeblieben. Ein richtiges Familienleben gab es bei uns nur an den Wochenenden und in den Ferien."

„Heftig." Lasse nahm eine Handvoll Sand auf und ließ die Körner durch die Finger rieseln, während er nachdenklich nickte.

„Ich kannte es ja nicht anders. Klar habe ich mir manchmal

gewünscht, dass es so ist wie bei anderen. Aber das stand nie zur Diskussion. Auch wenn sie sich trotzdem immer geliebt haben, irgendwie. Ich glaube, für die beiden war das sogar schwieriger als für mich. Die waren nie wirklich happy mit der Situation.“

Sie sah Lasse an. Der nickte immer noch, hatte den Kopf jetzt aber gesenkt und starrte vor sich auf den Boden der Düne. Ahnte er, was sie ihm sagen wollte?

„Dann wurde Mama krank. Die Haare sind ihr ausgefallen. Wir hatten ständig Besuch von Verwandten, die sich um sie und mich gekümmert haben. Sie lief nur noch leichenblass und mit roten Lidern herum und nahm mich alle paar Minuten in die Arme, als könne sie nicht genug vom Kuscheln bekommen.“

„Krebs?“, fragte Lasse vorsichtig.

Matilda nickte. „Als es dann gar nicht mehr anders ging, beschlossen meine Eltern, dass ich bei meinem Papa leben sollte.“ Die Worte kamen wieder nur langsam. „Und auch da fühle ich mich … irgendwie … schuldig. Ich habe mich nämlich echt gefreut. Kannst du dir das vorstellen? Meine Mama liegt im Sterben, und ich freue mich, dass ich am Meer leben kann!“

„Du bist zu hart zu dir, das weißt du, oder?“

„Ja, klar. Ich habe dann ja auch gemerkt, dass das nicht passt. Ich wollte, dass Mama nachkam. *Da* wollte ich dann wirklich, dass es bei uns so ist wie bei anderen Familien. Und als Mama dann gestorben ist … Es ist total verrückt, aber ich habe echt geglaubt, dass meine Eltern von Anfang an hätten zusammenleben müssen, dann wäre das nicht passiert. Eine Familie sein wollen, aber zehn Autostunden voneinander entfernt wohnen? Das kann gar nicht gut gehen."

„Aber jetzt weißt du, dass das Quatsch ist, oder? Deine Mutter hätte den Kampf gegen die Krankheit auf jeden Fall verloren, ob auf der Insel oder in Augsburg."

Matilda nickte vage. Wieder einmal: Etwas zu wissen bedeutete nicht, es auch zu fühlen.

Eines aber war klar. Sie hatte Lasse Dinge erzählt, die noch nicht einmal Josy, Merit oder Emmy wussten. Obwohl sie ihn kaum kannte, hatte sie ihm mehr von sich preisgegeben als jedem anderen Menschen zuvor. Er *musste* jetzt verstehen, was sie ganz sicher wusste: „Ich werde nie so eine Fernbeziehung eingehen."

Lasse sah sie forschend an.

Nein, mehr hatte sie nicht zu sagen.

Er nickte, lehnte sich neben ihr zurück und schloss, auf dem Rücken im Sand liegend, die Augen. Die Sonne zeichnete Lichtreflexe auf sein Gesicht, eine Brise wehte in die Düne und spielte mit seinen Haaren. Sie wusste noch genau, wie die sich anfühlten.

Lasse nickte noch einmal und setzte sich wieder auf. „Puh“, sagte er. Mehr nicht.

„Ich mag dich, Lasse.“

Ha, die Untertreibung des Jahres!

„Sehr sogar. Und dieser Kuss. Das war wunderschön. Es ist wie … wie …“ Nach den richtigen Worten zu suchen war, wie eine kleine Muschel im flachen Wasser einsammeln zu wollen, die bei jeder Welle ein Stück davonglitt. Sie ließ es bleiben. „Das war ein besonderer Moment für mich, und ich werde ihn nie, nie, nie vergessen. Er wird immer ein Teil von mir bleiben. Aber mehr als diesen Moment wird es nicht geben. Kannst du das verstehen?“

Lasse setzte an, etwas zu erwidern, schüttelte dann aber nur den Kopf. Er starrte zwischen den angewinkelten Beinen vor sich auf den Boden.

Sag etwas, Lasse.

Hatte sie ihn verletzt? Oder war es Enttäuschung? Enttäuschung darüber, dass sein Urlaubsflirt im Sand verlief? Vielleicht war er jetzt sauer, dass er seine Zeit in ihrem Kurs vertrödelt hatte, obwohl das Windsurfen ihn null interessierte? Dass er sich, statt Spaß zu haben, die traurige Lebensgeschichte eines Inselmädchens hatte anhören müssen? Dass er sich nun, um zu Hause vor seinen Kumpels prahlen zu können, eine andere suchen musste?

Obwohl die Sonne nach oben gewandert war und die Düne in warmes goldenes Licht tauchte, schien es kälter geworden zu sein.

Lasse räusperte sich, fuhr sich mit einer schnellen Geste mit dem Unterarm übers Gesicht, stand auf und klopfte sich den Sand von der Jeans.

„Ja, dann …“ Sein Blick war dunkler geworden, es lag kein Leuchten mehr darin. „Danke, dass du so ehrlich warst. Ich gehe dann besser mal.“

„Bis morgen?“, rief Matilda ihm nach. „Beim Surfen?“

Lasse hob die Hand, ohne sich noch einmal umzudrehen. Eine Antwort gab er nicht.

Wieder auf Kurs?

„Valerie, ich hab einen echt blöden Fehler gemacht. Tut mir leid, dass ich dich gestern verdächtigt habe, das Armband genommen zu haben. Das war nicht okay."

Matildas Herz wummerte, aber sie wusste, dass sie die Entschuldigung hinter sich bringen musste.

Bei ihrer Rückkehr zum Bossenhof war Matilda direkt ins Haupthaus gegangen. Vor Valeries Zimmertür hatte sie ein paarmal tief Luft geholt, dann kräftig geklopft und das Kinn vorgereckt. Wenn sie schon unterging, dann mit erhobenem Kopf.

„Ha!" Valerie hüpfte von ihrem Bett wie ein Wattfrosch mit drei Kannen Kaffee intus. „Ja, peinlicher ging's ja nicht! Unverschämtheit, echt."

Matilda nickte mehrmals. Sollte Valerie ihren Frust ablassen, umso schneller war es vorüber.

„Sorry, das war übel von mir. Kommt nicht wieder vor." Matilda wollte abdrehen – Mission beendet. Aber Valerie hatte andere Vorstellungen von einer formvollendeten Entschuldigung. Sie packte Matilda am Arm und zog sie zu sich herum.

„Nee, du, sooo billig kommst du mir nicht davon! Ein gemurmeltes Sorry, das niemand außer mir hört? Das wirst du schön vor allen wiederholen!"

„Ich sag's den anderen schon noch."

Valerie senkte die Lider und schüttelte mit einer Schnute den Kopf. „Nix da. Das machst du genau jetzt!"

Sie trat um Matilda herum und rief mit einer Stimme, die Glas zum Splittern bringen konnte, durchs Haus: „Familienkonferenz! Alle ins Wohnzimmer! Matilda hat euch was zu sagen!"

So kam es, dass Matilda vor der ganzen Familie ihr Eingeständnis wiederholen musste. Nach ihrer Erklärung nickten Onkel Sven, Tante Hille und ihr Vater, den Jan eigens aus dem Anbau hatte holen müssen. Selbst Tante Maike war herangestiefelt und machte nun eine wegwerfende Geste. „Dunnerkiel und Algenpest, und dafür holt ihr Sprotten mich von meiner Arbeit weg?"

Valerie bemühte sich vergeblich, die Szene auszukosten und die Ungerechtigkeit breitzutreten, aber das Publikum verdünnisierte sich bereits.

„So, und nun ist es aber auch wieder gut." Matilda wandte ihr

den Rücken zu und zog im Weggehen die Faust nach unten. Yessss! Das wäre erledigt. Sie hatte ihre Pflicht getan, mehr konnte kein Mensch von ihr verlangen.
Sie hatte mit Lasse gesprochen, und sie hatte Valerie mit ihrer Entschuldigung vor den anderen den Wind aus den Segeln genommen. Es sah ganz danach aus, als würde sie ihr Leben wieder in den Griff bekommen. Am Nachmittag würden die Minis ihren Teil dazu beitragen, dass alles lief, wie es laufen sollte, und dass dieser Sommer wirklich ein Supersommer wurde. Dann ging es zum ersten Mal tatsächlich aufs Wasser.

„So, ihr Mäuse." Matilda sah sich inmitten der Kids um. Als die Jungs – Silas, Finn, Torben, Jonas und Felix – protestierten, fügte sie hinzu: „Und Mäuseriche."
Das gefiel ihnen sicher auch nicht besser, aber was nun kam, war einer der schönsten Momente jedes Kurses, auf den sie sich nicht erst seit gestern freute. Der musste entsprechend vorbereitet werden.
Matilda, im engen Neoprenanzug steckend, schlang sich die Haare zu einem hoch angesetzten Knoten zusammen und blickte in erwartungsvolle Gesichter. Die Kinder hatten am Strand einen Kreis um sie gebildet, nur wenige Schritte vom Wasser entfernt, und hörten aufmerksam zu.
„Ihr wisst nun schon einiges übers Surfen." Ihre Schüler nick-

ten eifrig. „Heute wollen wir ausprobieren, wie es ist, auf dem Board im Wasser zu stehen und das Segel hochzuziehen und auszurichten.“

Jubel brandete auf. Silas und Finn boxten sich vor Freude gegenseitig auf die Arme. Hanna und Jenny fielen sich um den Hals.

Hach, für diesen Moment lohnte alle Vorarbeit. Die strahlenden Gesichter, Jennys radieschenrote Wangen, das Blitzen von Jonas’ Zahnspange in der Sommersonne, weil er den Mund gar nicht mehr zukriegte – traumhaft!

Wer konnte besser nachempfinden als Matilda, wie sich die Kids gerade fühlten? Bei ihr war es auch so gewesen.

Nur Lasse war nicht gekommen. Dabei hatte Matilda gedacht, dass alles geklärt war. Ob er sich noch blicken ließ? Oder war er abgetaucht wie ein Wal und auf Nimmerwiedersehen in den Tiefen des Meeres verschwunden? Hoffentlich nicht!

Dass er komplett auf Abstand ging, hatte sie nicht gewollt. Er brauchte ihr die nächsten fünf Wochen bestimmt nicht aus dem Weg zu gehen.

Aber was auch immer mit Lasse war – dieser Supersommertag konnte nur besser werden als die letzten chaotischen Tage. Zeit, nach vorne zu sehen.

Matilda warf einen Blick in Richtung Schuppen, wo Valerie auf der Veranda stand und das Fernglas hielt. Heute hatte sie die

Aufgabe, die Surfer zu beobachten. Matilda winkte ihr betont freundlich zu und wandte sich wieder an ihre Schüler.

Während sie nun jedes einzelne Kind die wichtigsten Grundregeln beim Windsurfen abfragte, ging ihr Blick immer wieder nach links und rechts, den Strand entlang, die Promenade hinauf.

Ja, es wäre schon schön, wenn Lasse doch noch auftauchen würde. Wenn sie wenigstens zu einem normalen Umgang miteinander finden konnten. Sich ein bisschen necken, ein bisschen Spaß zusammen haben.

Nichts Großes, nur zusammen sein und … Ha, da war er ja!

Lasse trat aus dem Schatten vor dem Lagerraum des Schuppens und lief auf sie und die Minis zu. Im Joggen zog er sich die Ärmel des Neoprenanzugs hoch, sein Gesicht war leicht gerötet, die Haare standen ihm verschwitzt aus der Stirn.

Als er die Gruppe erreichte, ließ er sich auf die Knie fallen und rutschte durch den Schwung noch ein Stück auf Matilda zu. Sand stob auf.

„Das war das letzte Mal, dass ich zu spät war. Ich schwöre!" Er hob die drei Finger der rechten Hand und schaute todernst.

Matilda guckte ihn gespielt verärgert an und stemmte die Hände in die Hüften. Die Kinder um sie herum begrüßten ihn mit donnerndem Applaus.

Er grinste in die Runde, tat, als würde er einen Zylinder vom Kopf ziehen, und verbeugte sich. Dann hob er beide Hände in Richtung Matilda. „Sorry, jetzt störe ich nicht weiter." Er zog die Schultern nach vorn und krümmte den Rücken, als wolle er sich so klein machen wie die anderen im Kurs.

„Okay, Silas, du bist dran", sagte Matilda. „Worauf musst du achten, wenn du auf dem Board stehst?"

Die Kinder zeigten, was sie in den letzten Stunden gelernt hatten. Sie kannten bereits die Sicherheits- und Vorfahrtsregeln, und sie wussten, wie wichtig das Checken der Ausrüstung vor dem Surfen war. Sie übertrumpften sich gegenseitig, als Matilda wissen wollte, was im Notfall zu tun war: dass man immer beim Brett bleiben sollte, weil es wie eine unsinkbare Rettungsinsel war, wo man sich setzen und mit beiden Armen winken konnte. Lasse hörte tatsächlich ernsthaft zu, ohne den Clown zu geben. Trotzdem passte er nicht in die Gruppe – das fiel heute deutlicher auf als zuvor schon.

Die Kids vergötterten ihn, weil er gerne Gags machte, klar. Aber er war auf Grund seiner Größe und seines Alters kein gleichwertiges Mitglied in ihrem Kurs. Und das sollten eigentlich alle sein. Viel besser aufgehoben wäre er bei Jan, der ebenfalls die Neuen trainierte … aber eben die älteren. Lasse wäre dort zwar der Jüngste, aber immer noch besser als der mit Abstand Älteste bei ihren Grundschulkindern.

„Ab ins Wasser!", befahl Matilda wenig später. Aus den Augenwinkeln beobachtete sie Lasse weiter. Obwohl er vom Surfen nicht mehr wusste als die Kids, stand er allein wegen seiner Körpergröße und seiner besseren Kondition wesentlich sicherer auf dem Brett. Er war den anderen gegenüber klar im Vorteil.

Wenn er mal das Kaspern vergaß, wirkte sein Auftritt gar nicht mehr so amateurhaft. Er schien sogar ein angeborenes Talent fürs Windsurfen zu haben, während die Kids eines nach dem anderen nach wenigen Metern von ihren Brettern purzelten. Manche ruderten noch verzweifelt mit den Armen, um die Balance zu halten. Das Rigg klatschte derweil aufs Wasser, wenige Sekunden später folgten die Kids mit lautem Kreischen. Tja, es war eben der kniffligste Teil beim Surfen, sicher auf dem Brett zu stehen *und* gleichzeitig das Segel zu halten und nach dem Wind auszurichten. Sie würden das irgendwann auch schaffen. Aber sie brauchten noch eine Weile, während Lasse darin schon richtig gut war.

Matilda paddelte, auf ihrem Board sitzend, zu ihm hinüber und blickte auf, als er das Segel hochzog. Er hatte die Knie gebeugt und wackelte kein bisschen. Als er nun aber Matilda bemerkte, hob er einen Arm, rief „Ups!" und verwandelte seinen Sturz ins Wasser in eine erstklassige Arschbombe. Die Kinder jubelten und lachten. Matilda musste grinsen.

Als er mit triefnassen Haaren wieder auftauchte, funkelten goldene Sprenkel in seinen Augen, in seinen Wimpern hingen glitzernde Tropfen. Für ein paar Sekunden versanken ihre Blicke ineinander. So hatten sie sich angeschaut, kurz bevor sie sich geküsst hatten …

Matilda schüttelte heftig den Kopf.

Es war nur ein Kuss gewesen. Mehr würde es nicht geben. Sie hatte das verstanden, Lasse auch. Wurde Zeit, dass ihr Stolperherz das endlich checkte!

Schnell diesem Blick ausweichen und etwas sagen: „Lasse, du bist bei mir hier komplett verkehrt."

„Ich weiß", sagte er ungewohnt ernst.

Matilda schnalzte mit der Zunge. „Nicht, was du jetzt denkst. Das haben wir gestern doch geklärt, oder?" Sie machte eine kleine Pause, während ihr Herz weiter wummerte.

„Sicher, alles roger." Er nickte mehrmals, sah dabei aber aufs Wasser, in dem sie hüfthoch standen, nachdem auch Matilda von ihrem Brett gerutscht war.

„Nein, ich meinte, du solltest den Kurs wechseln", sagte Matilda. „Ich habe dich zwar supergern hier bei mir." Sein Kopf ruckte hoch, sein plötzliches Strahlen wirkte, als lugte die Sonne hinter dunklen Wolken hervor. „Aber in meinem Kurs kannst du nicht so schnell lernen, wie es für dich angemessen wäre. Du solltest zu Jan wechseln." Sie deutete mit dem Kopf auf die

Gruppe aus sechs Girlies, die mit Boards unter den Armen in Jans Windschatten auf das Wasser zuschlenderten.
„Oh, Hilfe, Tussi-Alarm!", rief Lasse und schlug sich eine Sekunde später vor den Mund. „Hoppla."
Die Kids um ihn herum hatten den Kommentar längst mitbekommen und lachten erneut, statt sich aufs Surfen zu konzentrieren.
„Jan wird sich freuen, wenn du die Gruppe ein bisschen aufmischst. Zu viele Mädels sind nicht gut für die Trainingsatmosphäre."
„Lasse soll bei uns bleiben!", rief Jenny. „Mit ihm macht das Surfen doppelt Spaß!"
„Ich verspreche euch zehnmal so viel Spaß, wenn ihr endlich eure Übungen absolviert. Bald kann's richtig losgehen!", rief Matilda, bevor sie sich mit fragendem Blick wieder an Lasse wandte. „Und? Was meinst du?"
„Tja, du bist die Trainerin. Wenn du es für richtig hältst."
„Tue ich. Bei ihm lernst du wesentlich schneller. Ich verspreche auch, dich bei deinem ersten Ausritt zu begleiten, sobald du dich sicher auf dem Brett fühlst." Sie lächelte ihn an.
Er räusperte sich. „Das ist ein Argument." Seine Hand glitt vor. Sanft streichelte er ihr über die Wange.
Hilfe – Stromschlag! Jetzt bloß nicht zurückzucken und ihm zeigen, wie sehr seine Berührung sie durcheinanderbrachte!

Verflixte Möwenschiete, ja, er musste zu Jan. Je schneller, desto besser.

Matilda wandte sich um, Lasses Hand sank weg. Sie steckte zwei Finger in den Mund und stieß einen gellenden Pfiff an. Ihr Cousin, der gut hundert Meter entfernt das Wasser erreicht hatte, wandte den Kopf. Matilda winkte ihm zu, deutete dann mit ausgestrecktem Zeigefinger auf Lasse und ließ die Hände umeinander rotieren, zum Zeichen, dass Lasse wechseln würde. Sie sah Jans Grinsen aus der Entfernung. Er reckte einen erhobenen Daumen in die Höhe. Matilda erwiderte die Geste.

Sie warf einen Blick zum Schuppen. Valerie lehnte mit den Ellbogen auf der Brüstung der Veranda, das Fernglas vor den Augen. Sie schaute erst in Jans, dann in ihre Richtung. Okay, sie hatte also gecheckt, dass die beiden etwas vorhatten. Es war wichtig, dass alle informiert waren, wenn sich in den Gruppen etwas änderte. Matilda hob zur Sicherheit noch einmal fragend den Daumen. Valerie schwenkte mit dem Fernglas nach draußen aufs Meer, wo die Profis dahinzischten.

Blödes Seepferd! Aber sie hatte Matilda, Lasse und Jan gesehen, keine Frage. Sie war wohl immer noch angefressen wegen heute Morgen und zeigte deshalb keine Reaktion.

„Also los“, sagte sie zu Lasse. Sie wandte sich wieder ihren Minis zu, damit er endlich verschwand, linste aber hinüber zu Jans Kurs, als Lasse sich nach kurzem Zögern auf den Weg machte. Mindestens zwei der Mädels waren richtig gut. Sie hatten schon mehrere Kurse absolviert und könnten locker in die Gruppe ihres Vaters wechseln. Aber sie schienen gute Gründe zu haben, bei Jan zu bleiben. Wahrscheinlich hofften sie auf einen heißen Sommer mit ihm.

Er sah aber auch wirklich schnuckelig aus, ihr dösbaddeliger Cousin. Er überragte die Girlies um einige Zentimeter, sein Brustkorb war breit und muskulös unter dem schwarz glänzenden Neoprenanzug. Die Haare fielen ihm so flatterig um das Gesicht, als hätte er sie gerade erst geföhnt.

Tja, verständlich, dass die Mädels ihn so anschmachteten.

Aber selbst wenn Jan nicht ihr Cousin wäre, nein, er wäre absolut nicht ihr Typ. Zu glatt, zu geschniegelt, zu selbstsicher. Matilda stand eindeutig mehr auf Typen mit Ecken und Kanten, so wie …

Himmel – spürte Lasse es eigentlich immer, wenn sie ihn heimlich ansah?! Er hatte sich, das Board auf dem Wasser vor sich herschiebend, zu ihr umgedreht.

„Viel Spaß!“, rettete Matilda sich.

Lasse grinste sie über die Schulter hinweg an.

„Mach dich bereit, dass mich dein Cousin zu deinem schärfsten Konkurrenten ausbildet. In wenigen Tagen kannst du in meiner Bugwelle surfen!“

Matilda lachte laut auf. „Es wäre mir eine Ehre." Nun tat sie so, als würde sie einen Zylinder abnehmen und sich verbeugen. „Aber vergiss es. Das ist leider nur ein schöner Traum."

Puh, gerade noch mal die Kurve gekriegt. Der lockere Schlagabtausch war ein guter Neubeginn.

Wie sich Lasse wohl in der Gruppe einfinden würde? Vielleicht würden ja einige der Girlies, wenn sie bei Jan keine Schnitte hatten, ihr Glück bei ihm versuchen? Würde er dann mit einer anderen so flachsen wie mit ihr?

Der Gedanke schmerzte. Besser schnell beiseiteschieben. Außerdem war Lasse keiner, der sich an jede heranschmiss. Oder?

Matilda wandte sich um, als sie sah, dass Lasse die Gruppe, die bereits weit ins Wasser gewatet war, fast erreicht hatte. Unwahrscheinlich, dass er sich auf eines der Mädchen da einließ. Zum einen waren sie etwas älter als er – zum anderen konnte jemand, der sie, Matilda, mochte, kaum auf solche aufgedonnerten Hühner stehen.

Einige der Mädchen trugen eigene Neoprenanzüge, obwohl im Schuppen die besten Materialien zum Ausleihen bereitlagen. Aber nein, wenn es ein violetter Anzug mit silbernem Aufdruck sein sollte, dann fand man den natürlich nicht in der Surfstation. Dann musste man Papi schon bitten, das Portemonnaie zu zücken.

Geschminkt waren die meisten auch. Das konnte man selbst aus der Entfernung erkennen. Hier schimmerten Lippen in einem satten Blutrot, da blitzten Hexenaugen zwischen schwarz umrahmten Lidern. Na, da konnte man den Mädels nur wünschen, dass die Kosmetik wasserfest war. Sonst ging der Schuss nach hinten los, wenn sie nach ihrem ersten Absturz wie Zombies auftauchten.

Aber sollte jeder nach seinen Vorstellungen happy sein. Die Mädels disqualifizierten sich schon dadurch, ernst genommen zu werden, dass sie auf einen Typen wie Jan abfuhren, der sich Saison für Saison nur die hübschesten angelte. Das mussten die Girlies wissen. Und trotzdem rannten sie ihm overdressed und wimpernklimpernd hinterher, um auch einmal ausgewählt zu werden. Quallenblöd, dachte Matilda.

Wie gut, dass ihre Freundinnen anders drauf waren! Morgen gab es wieder ein Treffen der Summer Girls!

Sie würde den anderen erzählen, dass Lasse und sie ein langes Gespräch hatten und dass nun alles geklärt war. Sie würde hoffentlich erfahren, wie es mit diesem englischen Fußballer weitergegangen war, und vielleicht gab es auch ein Update zu Emmy und Daniel.

Aber jetzt sollte sie sich wieder um die jungen Surfer kümmern!

„Ich finde das voll blöd, dass du den Lasse weggeschickt hast“, maulte Jenny, als Matilda ihr und den anderen die Aufmerksamkeit zuwandte, und blickte mit gerecktem Hals über Matildas Schulter, um ihm nachzusehen. „Das war voll lustig mit ihm."

„Dann jetzt mal rauf aufs Brett, Madame." Matilda packte sie unter den Armen und half sanft nach. „Zeig, was du kannst, und nächstes Jahr darfst du dann auch zu den Großen."

„Nächstes Jahr ist Lasse nicht mehr da."

Matilda schluckte. Stimmte exakt. Und der Gedanke fühlte sich an wie Sand in der Kehle.

Signalflagge auf Rot

Sehr schön. Immer mehr von Matildas Minis gelang es, sich für ein paar Minuten im sicheren Stand zu halten. Silas hatte sogar schon das Segel dichtgeholt und glitt ein paar Meter durch das hüfthohe Wasser, begleitet von den Jubelrufen und dem Applaus der anderen Schüler. Durch ihr geringes Gewicht fuhren die Kinder schon bei der leichtesten Brise. Das war ein Riesenvorteil, und die Strömung half zusätzlich. Auch Hanna schaffte mit verbissener Miene und angespannten Muskeln ein gutes Stück. Sie wollte alles megakorrekt machen. Bei Gelegenheit musste Matilda sie mal zur Seite nehmen und ihr erklären, dass das Surfen zwar viel mit Technik zu tun hatte, aber beinahe noch mehr mit Leichtigkeit und damit, sich dem Wind anzuvertrauen.

Matilda ging von einem zum anderen. Sie gab hier einen Tipp, setzte dort einen Fuß in eine bessere Position, ermunterte und tröstete, wenn es noch nicht so klappen wollte, wie die Schüler

es sich vorstellten. Jetzt war sie in ihrem Element und voll konzentriert bei der Sache.
„Silas, richte dein Segel noch etwas besser aus und hole es dann dicht. Ja, genau so. Spitze!“
Silas’ Board schob sich in gemächlichem Tempo an ihr vorbei. Der Junge stand, stolz wie ein Krabbenfänger, etwas steif darauf, die Augen so groß, als schieße er mit Mördertempo über die höchsten Wellenberge. Das Wasser klatschte leise gegen das Board.
Himmel, was war das für ein Kreischen?!
Matilda flog herum. Hinter ihr saß Jenny auf ihrem Brett, die Beine im Wasser baumelnd, und wies mit ausgestrecktem Arm nach draußen aufs Meer.
Matilda kämpfte sich mit langen Schritten über den sandigen Meeresboden zu dem Mädchen. Das Wasser spritzte an ihren Seiten auf. Sie packte Jenny an den Armen.
„Was ist los, Jenny? Haben wir nicht in der letzten Stunde noch gelernt, dass man niemals so kreischen darf, wenn man nicht wirklich in Not ist? Sonst rettet dich nämlich kein Mensch, wenn du tatsächlich mal in Gefahr bist!“
„Aber … da! Guck doch!“ Jenny schnappte nach Luft und verschluckte sich. Ihr Gesicht war rot wie die Signalflagge bei gefährlicher Strömung.
Matilda folgte ihrem Blick. Jenny zeigte auf Jans Gruppe. Die

Mädels standen auf ihren Brettern. Jan hatte sich hinter eines mit blonder Krönchenfrisur gestellt, um es beim Halten des Segels zu unterstützen. Die beiden lachten und hatten offenbar jede Menge Spaß. Gut, das war albern, aber was gab es da zu kreischen?

Jenny hörte nicht auf, in die Richtung zu deuten, und …

Verflucht!

Etwas abseits der Gruppe schwamm in einer Welle ein einzelnes Brett. Kein Surfer in Sicht.

Wo um alles in der Welt war Lasse abgeblieben?! Matilda kniff die Lider zusammen, um gegen das helle Sonnenlicht besser sehen zu können. Nein, immer noch war er nirgends zu entdecken. Sie warf den Kopf zum Schuppen herum, wo Valerie auf ihrem Posten stand und die Surfer weiter draußen beobachtete. Das war in Ordnung. Gerade dort konnte es schnell gefährlich werden, wenn man zu oft ins Wasser fiel und auskühlte, ohne es zu bemerken. Deshalb hatten Onkel Sven und Matildas Paps die Order ausgegeben, vor allem diese Gruppen zu verfolgen – aber trotzdem: Hin und wieder hätte Valerie auch nach den Anfängern in Ufernähe schauen müssen.

„Eben stand er noch auf dem Brett. Jetzt ist er runtergefallen. Bestimmt ist er ertrunken!" Jenny steigerte sich in ihre Hysterie hinein. Hanna neben ihr hatte inzwischen angefangen zu weinen.

„Alle an Land!" Matilda machte eine ausholende Bewegung mit dem Arm, um die Kids auf sich aufmerksam zu machen. Sie musste sie in die sichere Zone schleusen.

Zum Glück gehorchten alle sofort.

Matilda wartete, bis alle mit ihr an den Strand geeilt waren, und legte dann einen sensationellen Sprint zu der Stelle hin, wo Jans Gruppe ins Wasser gegangen war. Dort lief sie so lange ins Meer hinein, bis sie mit einem Satz in die Schwimmposition kam. Ihr Herzschlag geriet in einen gleichmäßigen schnellen Rhythmus, als sie zu kraulen begann. Tiefe Ruhe breitete sich in ihr aus, während ihr Körper wie ein Uhrwerk funktionierte und in ihrem Verstand nur ein Gedanke hin und her schoss: *Bitte, Lasse, tauch auf!*

Alarm in der Strömung

Matilda kraulte auf das in den Wellen schaukelnde Board zu, ihre Arme durchpflügten das Wasser. Immer wieder hob sie den Blick, um zu prüfen, ob die Richtung stimmte. Von rechts hörte sie die Stimmen und das Lachen der Surfergruppe um Jan.

Verflixte Möwenschiete, die hatten immer noch nichts mitbekommen!

Aber sollte sie sich jetzt damit aufhalten, die anderen auf sich und das verlassene Board aufmerksam zu machen? Nein, jede Sekunde zählte!

Als sie das Brett fast erreicht hatte, hielt sie inne. Sie wandte suchend den Kopf nach links und nach rechts.

„Lasse!“, schrie sie.

Aus dem Augenwinkel bekam sie mit, dass die Trainingsgruppe endlich checkte, dass etwas nicht in Ordnung war. Das Lachen erstarb, sie vernahm ein Platschen. Vermutlich eilte

Jan ihr zu Hilfe, weil er im dritten Anlauf begriff, dass einer seiner Schüler in Not war.

Da! Lasses brauner Haarschopf tauchte unter einer Welle hervor. Lasse ruderte mit den Armen, als hätte er das Schwimmen verlernt.

Matilda kraulte mit doppelter Geschwindigkeit los. Der Wellengang war zum Glück nur leicht, aber es reichte, um sie vor Anstrengung keuchen zu lassen. Dennoch hätte sie die nächsten Stunden so weiterschwimmen können, wenn es sein müsste.

Endlich war sie so dicht bei Lasse, dass sie ihm zurufen konnte: „Ich bin gleich bei dir!“

Er antwortete nicht, spuckte nur Wasser und bewegte unkontrolliert die Arme. Er war in Panik! Das war gefährlich. Jemand, der unterging, konnte nicht mehr klar denken, griff blind um sich und zog unter Umständen den Retter mit in die Tiefe.

Unter ihr riss die Strömung an ihren Füßen. Sie musste Lasse erwischen, bevor er weiter aufs offene Meer trieb. Sie musste schnell handeln, dabei aber Sicherheit ausstrahlen, um Lasse zu beruhigen.

Trotz ihres heftig klopfenden Herzens sprach sie langsam und deutlich: „Lasse, ganz ruhig. Ich werde dich jetzt an Land ziehen. Überlass alles mir, okay?“

Lasse nickte. Seine Augen waren geweitet, seine Gesichtsfarbe grau wie Asche, seine Züge schmerzverzerrt. Während sie unter sich mit den Beinen paddelte, fasste Matilda ihn an den Schultern, drehte ihn rücklings zu sich und fuhr mit der Rechten unter seinem Arm hindurch. Mit zwei Fingern hob sie sein Kinn an, so dass sein Hals überstreckte und er frei atmen konnte. Dann begann sie, mit kräftigen Fußstößen in der Rückenlage zu schwimmen und Lasse mit sich zu schleppen.

Unter ihrer Hand hämmerte sein Herzschlag im Rhythmus mit ihrem eigenen.

Zehn, zwanzig, dreißig anstrengende Züge, dann hatte sie das brusthohe Wasser erreicht. Zum Glück hatte Lasse nicht um sich geschlagen. Als sie die Zehenspitzen streckte, spürte sie den weichen, sandigen Meeresboden. Sie zog Lasse noch ein paar Schritte weiter, bevor sie es wagte, ihn loszulassen. Gemeinsam torkelten sie an den Strand.

Lasse ließ sich sofort der Länge nach hinfallen und griff sich ans Bein.

„Ich hab einen Krampf“, zischte er. „Scheiße, tut das weh!“

Matilda stellte sich vor ihn, hob seinen Fuß an und drückte mit aller Kraft gegen die Sohle und die Zehen, um den Krampf zu lösen. Sie hielt diese Stellung so lange, bis sich Lasses Gesicht endlich entspannte.

Matilda minderte den Druck und musterte Lasse forschend. „Wieder besser?“

Er nickte, schaffte es aber nicht, zu lächeln. Die Anstrengung der vergangenen Minuten war ihm deutlich anzusehen. Matilda selbst würde erst Stunden später merken, was sie gerade geleistet hatte. Einen Ertrinkenden zu retten war eine gefährliche Nummer, besonders wenn sie als schwächeres Mädchen einen kräftigeren Jungen befördern musste. Aber es war ihr gelungen. Erleichtert und erschöpft ließ sie sich neben ihn sinken und streichelte ihm über das Gesicht, als sei es das Selbstverständlichste der Welt. Wieder fuhr ihr diese Berührung wie Stromstöße durch den Körper. War das Freude, weil ihm nichts passiert war, oder Angst, was hätte geschehen können, wenn sie zu spät gekommen wäre?

Sie strich ihm die nassen Haare aus der Stirn. „Da haben wir aber noch mal Glück gehabt, was?“

„Kein Wunder mit einem Schutzengel wie dir.“ Er lächelte gequält.

Ein Schatten fiel über sie, dann hockte Jan direkt neben Lasses Kopf. Er fackelte nicht lange, hielt Lasse die Nase zu und überdehnte seinen Hals. Ein Gurgeln stieg aus Lasses Kehle, seine Augen wurden groß wie ausgewachsene Austern, als sich Jan über ihn beugte, um zur Mund-zu-Mund-Beatmung anzusetzen.

Matilda gab Jan einen kräftigen Schubs, während Lasse unter ihm lag wie ein hypnotisiertes Kaninchen.

„Hallo, geht's noch? Er atmet ganz normal. Es war ein Krampf. Hör auf, ihn abzuschlabbern!"

„Oh." Jan ließ von Lasse ab und tätschelte ihm die Wange. „Sorry, Digger."

Bevor noch andere Leute auf die Idee kamen, an ihm herumzudoktern, richtete sich Lasse auf.

„Alles wieder in Ordnung."

Matilda nickte. „Dann ist ja gut. Warte mal kurz." Sie zog Jan ein paar Meter beiseite. „Sag mal, wie konnte das bloß passieren?", fuhr sie ihn an, als sie sicher war, dass Lasse es nicht mehr mitbekommen konnte.

Jan legte sich die flache Hand auf die Brust. „Du meinst, ich bin schuld?"

„Na, wer denn sonst? Lasse gehörte zu deiner Gruppe, du hattest die Verantwortung. Er hätte sich nie so weit von euch entfernen dürfen."

„In meiner Gruppe war er? Gut, dass ich das auch mal erfahre!", erwiderte Jan, jetzt sichtlich verärgert.

„Ich habe dir eindeutige Zeichen gegeben, und du hast den Daumen gehoben. Welchen Teil davon hast du nicht verstanden?"

Jan klappte der Kiefer herunter, ein paar Sekunden sah er

Matilda mit Schlafzimmerblick und offenem Mund an, während hinter seiner Stirn offenbar in Zeitlupe die Rückerinnerung ablief. „Du meinst … als du mir verklickern wolltest, dass er dein neuer Lover ist?“

Jetzt war es Matilda, die ihren Cousin sprachlos anstarrte.

„In welchem Film bist du eigentlich, Jan?“, fragte sie schließlich.

„Das überlege ich auch gerade“, erwiderte er. Dann holte er mit großen Gesten aus: „Du hast doch auf ihn gewiesen und genickt und den Daumen gehoben. Ich hatte verstanden, dass du mir deinen Lover vorstellst und nach meinem Okay fragst. Deswegen habe ich den Daumen gehoben, großzügig, wie ich bin. Obwohl ich aus der Entfernung gar nicht sehen konnte, ob er ein Spacken ist.“

„He! Hallo?“ Lasse breitete beide Arme aus.

Ups. Zumindest den letzten Teil hatte er gehört. Er sah wie bei einem Tennismatch abwechselnd zu Matilda und zu Jan, gluckste dabei aber vor Lachen.

Aus dem Wasser schlenderten inzwischen die Mädels heran, vom Strand her flitzten Matildas Kids hinzu. Der Auflauf zog weitere Gaffer an. Matildas Minis hielten ehrfürchtig Abstand, machten aber große Augen und tuschelten aufgeregt miteinander. Auch Matildas Vater hatte seinen Kurs abgebrochen und watete ans Ufer, um nach dem Rechten zu sehen.

Durch die Menschenmenge bahnte er sich einen Weg auf sie zu. Lasse tippte prüfend mit seinem Bein auf den Sand, aber es schien alles in Ordnung zu sein. So zumindest deutete Matilda sein Zwinkern, als sie ihn fragend von der Seite ansah.

„Was ist los?", fragte Nils Bossen und blickte mit gerunzelter Stirn von Matilda zu Jan. Er nickte Lasse zu. „Bist du verletzt?"

Lasse schüttelte den Kopf. „Alles bestens. Ich war auf dem Board und hab einen Wadenkrampf bekommen. Da konnte ich mich nicht mehr halten."

Nils trat einen Schritt auf ihn zu, berührte seine Schulter und sah ihm in die Augen. „Am besten ruhst du dich im Lagerraum noch eine halbe Stunde aus. Manchmal kommt der Schock erst nachträglich."

Lasse zuckte die Schultern. „Kann ich mir zwar nicht vorstellen, aber wenn du meinst."

Nils nickte. „Mach das mal, mien Jung."

Lasse setzte sich in Bewegung. Sofort waren alle Kids aus Matildas Kurs an seiner Seite. Silas legte sich Lasses Arm um die mageren Schultern, obwohl Lasse ihn um mehr als zwei Köpfe überragte. Jenny nahm seine andere Hand, und von hinten schoben Hanna und Finn. Matilda hörte Lasses Lachen. „Wenn ich euch nicht hätte! Ihr seid die Größten!"

Die Menge löste sich allmählich auf. Jans Girlies drängelten wieder zum Wasser, und Jan wollte ihnen sofort nach. Aber

Nils pfiff ihn zurück, so dass er mit ihm und Matilda allein dastand.
„Also, Leute, nun mal raus mit der Sprache. Wie konnte das passieren?"
„Matilda hatte alles im Griff, Digger", sagte Jan und zuckte die Achseln.
Matilda sprang ihm bei: „Es war ein dummes Missverständnis. Ich habe Lasse zu Jan geschickt und gedacht, er hätte das gecheckt. Aber ich hab mich wohl etwas blöd ausgedrückt."
Dass sie auch Valerie in den Wechsel einbezogen und diese sie wie eine beleidigte Leberwurst ignoriert hatte, behielt sie für sich. Nachdem der letzte Streit mit dem Seepferd gerade mal einigermaßen geklärt war, war es wahrscheinlich klüger, den Ball flach zu halten.
„Ich hab das nicht direkt gerafft", bestätigte nun Jan. „Es war mein Fehler, sorry. Ich hätte mich sofort um ihn kümmern und dafür sorgen müssen, dass er bei der Gruppe bleibt."
„So was darf nicht vorkommen", sagte Nils scharf. „Ich erwarte von jedem von euch Verantwortungsgefühl. Sonst seid ihr in dem Job verkehrt."
Jan hob beide Arme. „Alles klar, Nils."
Matilda nickte. „Sag Lasse, er soll oben bleiben. Ich bin in einer halben Stunde fertig mit meinen Kids, dann begleite ich ihn nach Hause", bat sie.

„Gute Idee.“ Nils wandte sich um und ging mit langen Schritten der Gruppe um Lasse hinterher.
Matilda und Jan sahen sich an. Jan streckte ihr grinsend die Faust hin, und Matilda tippte mit ihrer eigenen dagegen. Jan war zwar eine Trantüte, aber er hatte einen ausgeprägten Sinn für Fairness. Das war vielleicht seine beste Eigenschaft.
Jetzt aber musste Matilda zurück zu den Minis, die bereits wieder plappernd am Ufer auf und ab gingen. Auch wenn es schwerfiel. Viel lieber würde sie jetzt gleich nach Lasse sehen.
Ob er wirklich auf sie wartete?

Auf Tuchfühlung

„Wuhuuuu! Drück auf die Bremse, Lasse!“

„Nichts da! Wir müssen den Schwung ausnutzen, dann schaffen wir es die nächste Anhöhe rauf!“

„Wir landen gleich in der Düne!“

„Auch nicht so übel!“, rief er grinsend über die Schulter zurück.

Matilda saß auf dem Gepäckträger des alten Herrenrads, das Lasse für seine Ausflüge auf der Insel nutzte. Vermutlich gehörte es seinem Vater. Besser ein altes klappriges Rad von Papa, als zu Fuß losstiefeln zu müssen oder auf die Busse angewiesen zu sein, dachte Matilda.

Lasse hatte tatsächlich auf sie gewartet. Allerdings nicht auf dem Sofa im Lagerraum liegend, sondern auf der Veranda sitzend und auf seinem Smartphone herumtippend.

„Na endlich!“ Er hatte sie mit einem strahlenden Lächeln begrüßt, das Matildas letzte Zweifel vertrieben hatte. Nichts mit verzögerter Schockreaktion. Ob er sie überhaupt noch brauchte?

„Ich dachte, ich begleite dich nach Hause. Nicht, dass du unterwegs noch aus den Schuhen kippst und allein auf der Straße herumliegst."

Lasse verzog das Gesicht, als litte er große Schmerzen. „Genau! Sie müssen mich unbedingt nach Hause bringen, Schwester Matilda!"

Sie grinste. „Okay, ich hab es versprochen, also mache ich es. Obwohl Sie fit wie ein Badelatschen wirken, Herr Patient."

„Das täuscht! Ich bin ganz wackelig auf den Beinen."

Matilda hatte das ganz süß gefunden – bis sie das Rad gesehen hatte, das hinter dem Schuppen an der Treppe zum Dachboden stand.

„Bitte Platz zu nehmen!" Lasse wies auf den Gepäckträger.

„Wie jetzt? Du willst fahren, und ich soll mich da hintendrauf setzen?"

„Hast du eine bessere Idee?" Sein Lächeln blieb strahlend.

„Allerdings." Matilda stemmte die Hände in die Hüften. „Ich könnte fahren, und du lässt dich kutschieren. So macht man das mit Pflegefällen."

„Kommt nicht in die Tüte." Lasse presste die Lippen fest aufeinander und schüttelte den Kopf. Seine Augen glitzerten. „Nachdem du mich aus dem Wasser gerettet hast, bin ich dir etwas schuldig. Ich fahre.“ Er schloss das Rad auf und schwang ein Bein über die Stange. „Also los jetzt.“

„Fahr allein, Lasse. Ich sehe doch, dass du wieder fit bist.“

Schon schwankte Lasse und griff sich an die Stirn. „Wie wird mir nur?“, rief er dem Himmel zu.

Natürlich alberte er wieder einmal herum – oder nicht? Matilda sah ihn misstrauisch an.

Und wenn ihm auf dem Weg nach Hause nun doch noch etwas passieren sollte? Nein, sie musste sich auf diese Fahrt einlassen.

Lasse hatte die Strecke über den Dünenpfad gewählt, fernab der Promenade und des Trubels. Die Promenade war einfacher zu bewältigen, die verlief schnurgerade und ohne stressige Höhenunterschiede. In den Dünen dagegen ging es bergauf und bergab. Mit einem Affenzahn und gebeugtem Rücken schoss Lasse dahin. Matilda hatte sich zunächst am Sattel festgeklammert, aber das war verdammt unbequem und längst nicht so sicher, wie … ach, was sollte es?! Sie beugte sich vor und schlang die Arme um Lasses Taille. Sie legte den Kopf seitlich an seinen Rücken und schloss für einen Moment die Augen.

Nein, sie hatte nicht die Spur von Angst. Es fühlte sich ein bisschen an, wie gemeinsam zu fliegen. Wie großartig es erst werden würde, wenn Lasse richtig surfen konnte und sie tatsächlich über die Wellen dahinritten! Wie sie sich über Wind und Wasser und Sonnenstrahlen hinweg anlächeln, das rasante Tempo und den salzig-frischen Duft der See genießen würden, wie sie eins werden würden mit der Natur.

Die Fahrt auf dem Rad verlangsamte sich die nächste Anhöhe hinauf rapide. Lasse keuchte und japste. Matilda kniff ihn in die Seite.

„Los jetzt! Nicht schwächeln! Schneller!“

Lasse stieß einen gespielten Schmerzensschrei aus. Das Rad trudelte, Lasse stellte die Füße ab.

„Sag mal, hast du eigentlich Normalgewicht? So schwer, wie du dich anfühlst, siehst du gar nicht aus!“

Matilda sprang ab und baute sich vor ihm auf. Sie lief rückwärts vor ihm her und wiegte sich dabei, als schwinge sie einen Hula-Hoop-Reifen. „Kein Gramm Fett zu viel! Alles Muskelmasse! Du solltest an deiner Kondition arbeiten, statt über anderer Leute Gewicht abzulästern.“

Sie drehte sich um und spurtete los. Hinter ihr hörte sie, wie Lasse sich in die Pedale legte, um sie zu überholen.

Ha, nichts da!

Sie erreichten die Kuppe gleichzeitig, verschnauften, hielten sich die Seiten und sahen sich lachend an. Dann ließen sie für einen Moment den Blick über die von silbernem Mittagslicht zum Funkeln gebrachte Dünenlandschaft schweifen, bis hin zum Meer, auf dem sich immer wieder neu ein Mosaik aus mit Schaumkronen besetzten Wellen bildete.

„Hast du es gut, hier zu leben", stieß Lasse hervor und schaute sich mit blitzenden Augen um.

„Ich weiß", sagte Matilda. „Und ich will auch niemals hier weg."

So ausgelassen sie vor wenigen Sekunden noch waren, jetzt lag eine Verlegenheit zwischen ihnen, die Matilda nicht greifen konnte.

Sie gehörte hierhin, Lasse nach Frankfurt. War es das?

Lasse brach schließlich das Schweigen.

„Komm, weiter. Von hier an geht es die meiste Zeit bergab bis zu mir."

Sie setzte sich wieder auf den Gepäckträger, hielt sich aber nun am Sattel fest. Lasse sah über die Schulter.

„Die andere Haltung fand ich … irgendwie besser. Sicherer."

„Du meinst so?" Matilda legte die Arme um ihn.

„Genau. Wuhuuuu!" Und schon schossen sie wieder dahin.

Zehn Minuten später erreichten sie das Ferienhaus von Lasses Eltern. Nicht nötig, zu erwähnen, dass sie bereits einmal hier gewesen war.

Als er in die Einfahrt einbog, sprang Matilda ab.

„So, Mission erfüllt. Patient gesund zu Hause abgeliefert."

Lasse lehnte das Bike an die Garageneinfahrt.

„Hey, wenn du schon hier bist, kannst du kurz reinkommen, oder? Ich muss meinen Eltern doch meine Lebensretterin vorstellen."

Matilda hob beide Hände und trat einen Schritt zurück.

„Äh, eher nicht. Das ist mir zu heavy."

Lasse lachte. „Jetzt komm, meine Eltern sind meistens ganz in Ordnung."

Matilda rang noch einen Moment mit sich. Aber – warum eigentlich nicht? Sie war ohnehin neugierig, wie Lasse wohnte und was seine Eltern für Typen waren.

„Also gut, aber nur zehn Minuten. Dann nehme ich den Bus zurück."

Ein Strandkorb zum Kuscheln

„Wie konnte das bloß passieren? Lasse, du bist doch ein guter Schwimmer!“ Lasses Mutter flippte aus. Verständlich nach dem, was Lasse berichtet hatte – wobei er die Reaktion seiner Mutter wohl schon vorausgeahnt und den Vorfall heruntergespielt hatte.

„Mutsch, Hilfe! Mach kein Drama daraus! Es war eben ein Krampf. Das Wasser war nicht besonders tief, und Matilda war sofort bei mir. Es war überhaupt nicht gefährlich.“

„Trotzdem! Ich krieg ja Albträume, wenn ich mir vorstelle, wie du fast ertrunken wärst“, beharrte seine Mutter, eine kleine quirlige Frau mit hübschem rundem Gesicht. Sie trug Jeansshorts und ein Shirt, an den Füßen Flipflops. Auf ihrem Hals hatten sich vor Aufregung rote Flecke gebildet. Nun nahm sie erst ihren Sohn in den Arm, dann drückte sie Matilda an sich. „Danke, dass du so schnell reagiert hast. Du wohnst hier auf der Insel?“

Matilda nickte. „Ja, und wir sind alle dafür ausgebildet, in jedem Notfall helfen zu können. Mein Cousin war gleich hinter mir. Wenn ich nicht da gewesen wäre, hätte er sich Lasse geschnappt und ihn an Land oder auf sein Board gebracht."

„Es lag alles nur an diesem blöden Krampf", bemerkte Lasse noch einmal und fügte mit einem Grinsen Richtung Matilda hinzu: „Beim nächsten Mal mache ich meine Aufwärmübungen sorgfältiger. Dann muss ich auch keinen Schiss haben, dass dein Cousin mich aus heiterem Himmel abknutschen will."

Lasses Mutter schaute verwirrt. In diesem Moment kam Lasses Vater aus dem Garten. Auch er trug kurze Hosen und ein kurzärmeliges Hemd und sah – Himmel! – exakt aus wie das ältere Ebenbild von Lasse. Seine Haare waren genauso wuschelig, der Blick seiner Bernsteinaugen, die Grübchen beim Lächeln.

Ups, hatte Matilda Lasses Vater angestarrt? Sie riss sich zusammen und reichte ihm die Hand zur Begrüßung.

Lasses Vater nahm den Vorfall wesentlich entspannter auf als seine Frau: „Na, ist ja noch mal gut gegangen", sagte er, bevor er sich eine Flasche Pils aus dem Kühlschrank nahm.

„Ich zeige Matilda noch mein Zimmer", sagte Lasse.

Seine Mutter nickte und blickte lächelnd zwischen ihm und ihr hin und her.

Oh, nein. Megapeinlich, was sie jetzt bestimmt dachte!
Genau das hatte Matilda vermeiden wollen. Sie war nicht die neue Freundin ihres Sohnes! Aber das jetzt klarzustellen wäre noch eine Spur peinlicher.
„In zehn Minuten essen wir auf der Terrasse", sagte Lasses Mutter. „Matilda, du bist herzlich eingeladen – es gibt neue Kartoffeln mit Salat und Grillgemüse."
„Äh …"
Lasse kam Matilda zuvor. „Schon in Ordnung, Mutsch. Wir kommen dann runter."
Er nahm Matildas Hand und zog sie die Wendeltreppe nach oben, bevor sie protestieren konnte. Es ging zwei Etagen höher, bis sie das Dachgeschoss erreichten.
Die Meerseite war verglast, davor befand sich ein Balkon, auf dem ein alter Strandkorb stand. Im Zimmer roch es nach Glasreiniger und Zitrone. An den Wänden hingen Poster von Fliegertreffen, Flugtagen und alten Doppeldeckern, von der Decke baumelten mehrere Flugzeugmodelle.
Matilda trat zu einem und berührte es mit einem Finger. Es schwang an seinen Nylonfäden hin und her.
„Klasse", sagte sie leise. „Hast du die alle selbst gebaut?"
Lasse nickte. „War mein Hobby, als ich noch in der Grundschule war. Inzwischen stehe ich mehr auf die XXL-Modelle."
Er sah die Flieger verträumt an. „Meine Freunde finden das

zwar cool. Lasse, der Pilot. Aber was Fliegen mir wirklich bedeutet, verstehen sie nicht, glaube ich.“ Er wandte sich Matilda zu, seine Augen funkelten begeistert. „Stell dir die großen Passagierflugzeuge vor. Die wiegen mit Treibstoff und Ladung mehrere Hundert Tonnen! Trotzdem heben sie ab. Ich weiß, dass das reine Physik ist, aber manchmal kommt es einem doch vor wie Zauberei, oder nicht?“ Sein Blick ging wieder zu den Modellen, seine Stimme nahm einen fast ehrfürchtigen Klang an. „Noch besser ist es, wenn du in einer kleinen Maschine allein unterwegs bist. Nur du und der Himmel.“ Er grinste und zuckte die Schultern. „Und ein kleines bisschen Blech um dich herum natürlich. Sagte ich schon, dass ich das Fliegen liebe?“

Matilda lächelte. „Kann mich nicht erinnern. Oder doch, ich glaube, du hast es mal erwähnt. Gaaanz nebenbei.“ Sie tippte noch einmal eins der Modelle an. „Wie glatt sie sich anfühlen. Und so sauber. Kein bisschen Staub.“

Lasse lachte auf. „Darum kümmert sich meine Mutsch mit ihrem Staubwedel. Sie hat zwar nichts für das Fliegen übrig, aber die Dinger findet sie hübsch. Sie hebt auch meine alten Martinslaternen auf.“

„Was hat deine Mutter denn gegen das Fliegen? Das ist doch ein megatolles Hobby.“

Lasse verzog den Mund. „Sie hat Flugangst. Wenn ich mit meinem Vater in seiner Cessna unterwegs bin, stirbt sie tausend Tode." Er stieß ein Schnauben aus. „Sie fliegt nie mit, wenn wir von Frankfurt aus hierherreisen. Sie nimmt immer den Zug."

„Oh-oh. Wenn sie so ängstlich ist, hat sie vielleicht auch was dagegen, wenn du surfst?"

„Keine Ahnung", sagte Lasse und machte eine gleichgültige Miene. „Vielleicht hat sie jetzt, nach dem Unfall, Panik. Aber davon lasse ich mir den Spaß nicht verderben. Es ist mein Ding, nicht ihres. Ich hab jetzt auf jeden Fall richtig Bock, es zu lernen."

Ob Lasse tatsächlich so selbstständig war, wie er es darstellte? Wenn ja, war das bewundernswert. Matilda selbst müsste sich auch viel häufiger in ihrer Familie durchsetzen.

„Hast du dir inzwischen überlegt, in welcher Gruppe du trainieren möchtest?", fragte sie. „Wenn du zu Jan kein Vertrauen mehr hast, ist es bestimmt kein Problem, wenn du wechselst."

Er schüttelte den Kopf. „Nein, passt schon. Ich habe nie zu deinen Minis gehört. Das habe ich von Anfang an gemerkt. Aber mir ging es ja nicht um die Gruppe, sondern um dich."

Matilda zog eine Schnute und nickte. „So habe ich mir das gedacht."

„Findest du das schlimm?"

„Schon okay. Also bleibst du bei Jan, oder willst du es bei Valerie versuchen?"
„Jan ist okay. Wahrscheinlich wird er jetzt besonders auf mich aufpassen. Ich bin ja nun sein Sorgenkind." Er lachte auf.
„Gut möglich. Aber so lernst du am schnellsten. Je mehr er sich mit dir beschäftigt, desto mehr kann er dir beibringen. Und ihm schadet es nicht, mehr zu unterrichten und weniger zu flirten."
„Ja, ist mir sofort aufgefallen, dass in seinem Kurs ungewöhnlich viele ungewöhnlich gut aussehende Mädels sind." Lasse legte zwei Finger an sein Kinn und tat, als würde er darüber nachdenken.
Matilda durchschaute sein Manöver sofort. Sie zuckte mit den Schultern. „Such dir eine aus und versuch dein Glück."
„Ich hab mir schon eine ausgesucht", sagte er ruhig.
Matildas Wangen wurden heiß. Besser, sie ließen das Thema jetzt fallen. Das Eis war zu dünn. Stattdessen sah sie sich weiter in seinem Zimmer um, betrachtete den Flachbildfernseher und die Musikanlage.
Auf dem akkurat aufgeräumten Schreibtisch stand ein ultradünner, hypermoderner Laptop. Daneben lag ein Tablet. Und das war nur Lasses Ferienzimmer! Wie mochte es bei ihm daheim in Frankfurt aussehen?
„Gefällt es dir?", fragte er.

„Ja, Hammer. Kann man auf den Balkon?"
„Klar." Die Balkontür ging knarrend auf, und die Meeresluft strömte ihnen entgegen. Lasse machte eine einladende Geste. „Bitte schön."
Matilda drückte sich an ihm vorbei, wobei sich ihre Beine und die Fingerspitzen berührten. Sie zuckten beide zusammen, als hätten sie sich verbrannt.
Es war anders, ihn im Wasser oder beim Fahrradfahren zu spüren als an diesem sehr persönlichen Ort, stellte Matilda fest. Hier war er zu Hause. Hier schlief er, hier träumte er.
Matilda setzte sich in den Strandkorb. Lasse warf sich neben sie – so dicht, dass es unmöglich war, ihn nicht zu berühren und … ach, was sollte es! Sie hatten gemeinsam einen extrem unerfreulichen Vorfall überstanden – nun hatten sie es verdient, hier auf dem Balkon mit Blick über die Dünen und in den sattblauen Himmel hinein einfach nur zu relaxen.
Ihr Herz sah das anders. Kaum spürte Matilda Lasse neben sich, stolperte es wieder.
Ihr Knie begann zu zittern. Lasse legte eine Hand auf ihren Oberschenkel. Durch den dünnen Stoff ihrer Leinenhose spürte sie seine Wärme. Sofort beruhigte sich das Zittern.
„Puh", sagte sie, „ich hab mir vorhin echt Sorgen um dich gemacht. Das hätte schiefgehen können."
„Ach, Quark", sagte er leise. „Das sah schlimmer aus, als es

war. Wenn der blöde Krampf nicht gewesen wäre, wäre ich wie ein Pfeil über die Wellen geschossen. Echt, Matilda, ich hatte auf einmal den Dreh raus, es klappte super!"
„Du darfst dich als Anfänger nicht überschätzen und dich schon gar nicht so weit von der Gruppe entfernen. Normalerweise hätte der Trainer dich im Blick behalten sollen, aber das war ja ein Satz mit x."
„Ich hab noch mitbekommen, wie du und Jan euch deinem Dad gegenüber verhalten habt. Echt gut, dass ihr euch nicht gegenseitig die Schuld in die Schuhe geschoben habt."
Matilda lächelte. Es fühlte sich fantastisch an, so dicht bei Lasse zu sitzen und mit ihm zu reden. Konnten sie hier bleiben, bis die Sonne unterging und darüber hinaus, wenn die Sterne am Himmel aufblitzten?
„Jan ist eigentlich ein Netter", sagte sie. „Dass er die Finger nicht von den Mädels lassen kann, ist halt so. Man kann es ihm nicht übel nehmen, wenn sie ihm nachlaufen wie die Hühner. Und dass er nicht der Hellste ist – dafür hat er andere Talente. Ich kenne niemanden, der sportlicher ist als er."
„Mal angenommen, ihr wärt nicht miteinander verwandt, würdest du auch auf ihn stehen?" Lasse stellte die Frage im lockeren Plauderton, aber Matilda hörte das Lauernde heraus. Sie musterte ihn von der Seite.
„Nein, mir ist er zu schön."

Lasse machte runde Augen. „Zu schön? Das habe ich ja noch nie gehört. Gibt's das?"
„Klar gibt's das!" Sie gluckste vor Lachen. „Zu schön sind alle Typen, die wissen, dass sie gut aussehen und sich was drauf einbilden. Sie verhalten sich dann auf eine Art, die ich echt abtörnend finde. Weißt du, was ich meine?"
Lasse biss sich auf die Unterlippe und wiegte den Kopf. „Nicht wirklich. Findest du mich auch zu schön?"
Er fragte das so ernsthaft, dass Matilda laut auflachte. Sie puffte ihn in die Seite, kitzelte ihn, bis er endlich seine ernste Miene ablegte und in ihr Lachen einfiel. Eine Weile rangelten sie miteinander, weil Lasse sich nun wehrte und genau die Stellen zu kennen schien, an denen Matilda empfindlich war.
Ein bisschen außer Atem ließen sie sich schließlich wieder zurücksinken. Lasse legte den Arm um Matilda.
„Ich finde dich genau richtig", sagte Matilda nun ernsthaft. „Ich mag deine Augen. Sie sehen aus wie Bernsteine, weißt du? Und ich mag deine Grübchen, wenn du lachst. Ich höre dich auch gern lachen."
„Das geht als Liebeserklärung durch, eindeutig." Lasse griff nach Matildas Händen, blieb ernst, als sie erneut auf ihn losgehen wollte, um die Situation wegzukitzeln.
„Du, Matilda?"
„Hm?"

„Weißt du, was ich mich schon die ganze Zeit frage?“
„Ob der Grill schon angeworfen ist?“
Er lachte auf, und sie grinste ihn an. „Nein, ich frage mich, wie du aussiehst, wenn du mal keinen Zopf oder Knoten trägst.“
„Mach dein Haar auf, Rapunzel?“ Sie verschränkte die Arme und grinste ihn von der Seite an.
Er lächelte. „Ja, exakt. Zeig mal, wie lang deine Haare sind.“
Sie zuckte die Schultern, zog mit einer routinierten Bewegung das Gummi aus den Haaren und schüttelte sie, so dass sie locker bis weit über die Schultern fielen.
Sie sah, dass er schluckte, und ließ es zu, dass er eine Strähne nahm und sie durch die Finger gleiten ließ.
„So wirkst du viel weicher und irgendwie … anders“, murmelte er.
„Meine Tante sagt, ich hätte Pferdehaare“, sagte Matilda hastig und grinste.
Aber Lasse blieb ernst und wartete, bis sie bereit war für das, was er ihr zu sagen hatte: „Du bist das schönste Mädchen, das ich je getroffen habe. Nicht nur mit offenen Haaren. Wenn es nicht so dumm aussehen würde, müsste ich dich immer anstarren. Ich kann mich nicht sattsehen an deinem Mund und deinem Lächeln. Ich habe mich vom ersten Augenblick an, auf der Party auf eurem Hof, in dich verliebt, Matilda. Und ich habe keine Ahnung, wie ich darüber wegkommen soll.“

Schlug ihr Herz noch?

Ja, da wummerte es sogar mit doppelter Geschwindigkeit wieder los. Ein schwummeriges Gefühl breitete sich hinter ihrer Stirn aus. Eine Hälfte ihres Herzens jubelte, die andere sperrte sich gegen dieses überwältigende Glücksgefühl. Hörte das denn nie auf?

Lasse legte die Finger an ihre Wange. Eine Geste, die kein bisschen dazu beitrug, dass Matilda sich sicherer fühlte.

Sie schmiegte sich für einen Moment an seine Hand und genoss die Berührung. Ja, sie hatte sich nicht weniger in Lasse verliebt als er sich in sie. Sie wurden wie von einer unsichtbaren Kraft voneinander angezogen, und sie konnten nichts dagegen tun.

„Was du mir in den Dünen erzählt hast, Matilda … Ich habe darüber nachgedacht, und glaub mir, ich verstehe dich total. Du hast Angst, dass es wehtut, wenn wir uns wieder trennen müssen. Aber ist das nicht meistens im Leben so? Man muss immer damit rechnen, dass etwas Schönes irgendwann vorbei ist. Aber deswegen darauf verzichten? Wie langweilig wäre das denn?! So ganz ohne Ups und Downs? Selbst wenn ich hier auf der Insel leben würde, hättest du keine Garantie, dass wir in einem Jahr noch zusammen sind. Alles Mögliche kann passieren. Du könntest dich in einen anderen verlieben, ich könnte in den Wellen ertrinken.“ Er grinste schief. „Niemand kann dir Garantien geben. Man kann immer nur wieder sein Glück versuchen. Glaube ich."

Mit angehaltenem Atem hatte Matilda ihm zugehört und war in seinem Blick versunken. Es war, als sickerten seine Worte direkt an ihrem Verstand vorbei in ihr Herz.

Es einfach darauf ankommen lassen? Ohne Garantie?

War jetzt der Moment, in dem sie wirklich beweisen musste, dass sie mutig war? Die Entscheidung brauchte viel mehr Kraft als das Rettungsmanöver am Vormittag.

Aber ... ja. Da war dieses unglaublich starke Gefühl für Lasse, gegen das sie nicht ankam. Gegen das sie nicht mehr ankommen wollte.

Sie liebte Lasse. Sie wollte die Zeit mit ihm genießen, ja, sie *wollte* sogar dieses Risiko eingehen, verletzt zu werden.

Sie würde es aushalten, auch wenn es schiefgehen sollte.

Sie nickte, während ihre Blicke immer noch ineinander versunken waren, dann neigte sie den Kopf leicht nach links, er seinen nach rechts.

Ihre Nasen berührten sich, dann trafen sich ihre Lippen. Matilda schloss die Augen und kostete die zarte Berührung seines Mundes aus. Wieder fühlte es sich an wie ein Windhauch, der durch Dünengras strich, leise und sanft.

Sie lösten sich voneinander, sahen sich lächelnd an. Lasse streichelte über ihre Haare, wickelte sich wieder eine Strähne um den Finger. „Ich habe mir das so sehr gewünscht, weißt du? Ich habe sogar davon geträumt. Unser erster Kuss in den Dünen konnte unmöglich unser letzter gewesen sein."

Ein summendes Glücksgefühl vibrierte durch ihren Körper. Sie schmiegte sich an ihn, und als sich ihre Lippen nun berührten, war es weniger sanft. Sein Kuss war ein bisschen wilder und ungestümer und … spürte sie da seine Zungenspitze? Sie öffnete den Mund.

Dieser Kuss fühlte sich an, als besiegelten sie das Versprechen, dass sie nun zusammengehörten. Die zögerliche, zweifelnde Stimme in Matilda wurde leise und leiser, bis sie verstummte.

Sie gehörte hierhin, in Lasses Arme! Und sie würden sich von nun an küssen, wann immer ihnen danach war!

Lasse küsste himmlisch. Er liebkoste sie mit den Lippen und der Zungenspitze, dass es ihr heiß und kalt über den Rücken lief. Er überfiel sie nicht, aber er würde kein Mädchen lieber küssen als sie, das zeigte er ihr.

Für ihn war sie etwas ganz Besonderes.

Und für sie war er etwas ganz Besonderes.

Seine Hände wanderten ihre Arme hinab und hinauf, zu ihrem Hals, in ihren Nacken, und wieder griff er in ihre Haare, die nach dieser Umarmung vermutlich heillos zerzaust sein würden. So what?

„Ist das ein Ja, Matilda?", fragte Lasse, als sie für einen Moment Pause machten, um zu Atem zu kommen. Seine Augen blitzten.

„Wie war doch gleich die Frage?“, gab Matilda glucksend zurück, und die romantische Stimmung löste sich in Lachen auf. Es tat unendlich gut, mit ihm nicht nur küssen und kuscheln, sondern auch reden und lachen zu können.

Dann wurde Lasse wieder ernst. „Ich möchte mit dir zusammen sein.“

Da war es wieder.

Das Zögern in Matilda meldete sich erneut zu Wort.

„Du meinst, bis du in sechs Wochen nach Frankfurt zurückfliegst? Sollen wir von vornherein sagen, wir haben eine Ferienliebe?“

Lasse schob die Unterlippe vor und stieß die Luft aus, so dass die Haare an seiner Stirn hochflogen.

„Nein, das sollen wir nicht. Nur du glaubst, dass eine Fernbeziehung nicht gut gehen kann. Ich will mit dir zusammen sein, Matilda, und ich möchte nicht aus Vernunftgründen nach sechs Wochen sagen, so, das war's. Bye-bye.“

„Es wird nicht gut gehen …“, murmelte sie.

Er verdrehte die Augen, packte sie an den Schultern und schüttelte sie sanft. „Matilda! Wenn wir es nicht versuchen, werden wir es nie wissen. Du bist nicht deine Mutter. Ich bin nicht dein Vater. Wir sind eigenständige Menschen, wir gehen die

Dinge so an, wie es für uns passt. Vergiss die Ängste. Ich weiß, dass wir es schaffen. Vertrau mir einfach."

„Ja, ich vertraue dir." Matilda gelang ein wackeliges Lächeln. „Und wenn nicht, haben wir wenigstens die nächsten Wochen für uns", fügte sie hinzu.

Er lachte auf und küsste ihre Wangen, ihre Nasenspitzen, ihre Lippen. „Du bist unverbesserlich!"

Sie stemmte die Hände gegen seine Brust und zog die Nase kraus. „Sag mal, riecht das hier nach Grillwürstchen?"

Er wollte sie erneut küssen. „Wen interessieren Grillwürstchen?", murmelte er.

„Deine Mutter!", erwiderte sie kichernd und drückte sich hoch. „Die wartet auf dich. Und macht sich bestimmt ihre Gedanken, wenn wir nicht erscheinen."

Peinlich!

„Von mir aus kann sie denken, was sie will. Was ist schlimm daran, wenn ich mich bei meiner Lebensretterin bedanke? Außerdem habe ich null Hunger. Ich könnte bis in alle Ewigkeit hier oben mit dir sitzen und von Luft und Liebe leben."

„Ich aber nicht", widersprach sie lachend.

Er sprang auf, nahm ihre Hand und zog sie auf die Füße. „Na dann? Auf zum Mittagstisch."

„Äh, so war das nicht gemeint. Ich esse nicht mit." Das ging ja gar nicht! Jeder Mensch auf der Insel würde ihr aus zehn

Metern Entfernung ansehen, dass sie soeben einen Jungen geküsst hatte. Seine Mutter und sein Vater würden das definitiv auf den ersten Blick merken! Da wüsste sie vor Verlegenheit ja nicht, wohin sie schauen sollte.

Außerdem war ihr Magen ohnehin wie zugeschnürt. Es ging ihr wie Lasse – es war, als ob ihre Verliebtheit jedes andere Bedürfnis verdrängt hatte. Komisch.

„Sorry, Lasse, mir ist echt gerade nicht danach. Das ist alles neu für mich. Ich muss jetzt erst mal allein sein."

Er sah sie an. „Damit du wieder anfangen kannst zu zweifeln, ob das mit uns richtig ist?"

Matilda schmunzelte. „Nein, ich verspreche, das ist vorbei." Sie legte die Arme um seinen Hals und küsste ihn auf den Mund. Dann lief sie ihm voran durch sein Zimmer und die Wendeltreppe hinab. Im Gehen zog sie das Haargummi von ihrem Handgelenk und schlang die Haare im Nacken wieder zu einem Knoten zusammen.

Aus dem Flur heraus rief sie Lasses Mutter, die durch die Terrassentür hineinschaute, zu: „Danke für die Einladung, Frau Weidner! Ich werde zu Hause zum Essen erwartet. Beim nächsten Mal gerne!" Sie hob grüßend die Hand.

Ehe Lasse ihr noch einen Abschiedskuss geben konnte, war sie schon zur Tür hinaus. Bestimmt hätte Lasse kein Problem damit, sie vor seinen Eltern zu küssen, aber so weit war sie noch nicht. Diese neue Beziehung ging nur sie beide etwas an. Und die Summer Girls! Die würden aus allen Wolken fallen!

Und nun? Sollte sie den Bus nehmen? Nein, der Weg durch die Dünen und am Strand entlang war perfekt. Sie würde am Meer bis nach Hause spazieren. Eine wunderbare Gelegenheit, über das, was gerade passiert war, nachzudenken.

Matilda zog die Sneakers aus, als sie den Strand erreichte, krempelte die Jeans hoch und lief aufs Wasser zu. Sie ging so, dass das Meer mit jeder heranrollenden Welle ihre Füße bis zu den Knöcheln berührte. Sie hob die Nase in die Sonne und schloss die Augen.

Wo blieb die Stimme, die ihr davon abriet, mit Lasse zusammen zu sein?

Nein, die Stimme war zum Schweigen gebracht. Endgültig.

Da war nichts als Vorfreude auf das, was noch kommen würde. Und kribbelnde Erinnerung an das, was Lasse und sie vor wenigen Minuten noch miteinander geteilt hatten.

Sie sprang drei Schritte vom Wasser weg und ging in die Hocke. Mit dem Finger zeichnete sie ein großes Herz in den feuchten Sand, weit genug von den züngelnden Wellen entfernt, um nicht gleich wieder zerstört zu werden. Würde es morgen noch da sein? Selbst wenn nicht, alles war gut.

Sechs Wochen waren eine verdammt lange Zeit.

Sechs Wochen, die nur ihr und Lasse gehörten.

Sechs Wochen, die ihr am Ende keiner nehmen konnte. Sie war bereit dafür.

Matilda watete ein paar Schritte ins Meer, so dass das Wasser ihre Hose berührte. Ihr Blick ging weit hinaus zu den Bojen. Sie beschattete die Augen und sah einzelne Surfer, die mit den Wellen tanzten. Das brauchte sie heute auch noch. Am späten Nachmittag, wenn sich der Strand leerte und keine Kurse mehr stattfanden, würde sie sich ihr Board greifen und hinaussurfen, um dem Wind zu erzählen, dass sich ihr Leben von Grund auf verändert hatte.

Und Emmy, Josy und Merit musste sie alles haarklein berichten!

Im Gehen griff sie in die hintere Jeanstasche und zog ihr Smartphone heraus. Super, dass sie schon eine gemeinsame Chat-Gruppe eingerichtet hatten. So brauchte sie ihre Freundinnen nicht einzeln anzuschreiben, um ihnen mitzuteilen, dass es einen Grund für ein weiteres Treffen gab.

Ich freue mich auf Freitagabend mit euch, Mädels! Ihr glaubt nicht, was mir passiert ist. Rechnet mit dem Schlimmsten ☺

Sie steckte das Handy wieder zurück. Und dann begann sie zu laufen, über die Wellen zu springen und die Arme hochzuwerfen. Hatte sie an diesem Sommertag nicht allen Grund, glücklich und ein bisschen verrückt zu sein?

Absolut professionell

„Sie hätte ihn bei mir abmelden müssen!“ Valerie zeigte mit der Gabel über den Tisch hinweg in Matildas Richtung. Das aufgespießte Stück Backfisch fiel ab und klatschte in die Remoulade, aber Valerie schien das nicht zu merken. Sie attackierte Matilda weiter wie ein Hai, der Blut gerochen hatte. „Ich kann schließlich nicht alle gleichzeitig im Auge behalten! Und wir haben noch nie jemanden mitten im Kurs aussteigen und in einen anderen wechseln lassen. Es hätte dicke gereicht, dass Jan ihn am nächsten Tag übernimmt. Dann wäre das Ganze nicht passiert.“

„Stopp. Mach mal langsam“, sagte Matilda. Aus den Augenwinkeln sah sie, wie der blonde Haarschopf ihres Vaters alarmiert nach oben ging. Bestimmt blickte er sie über seinen Kartoffelsalat hinweg mit hochgezogenen Brauen an, warnend, dass sie sich zurückhalten sollte. Er rechnete damit, dass sie mit Vollgas auf diese Provokation eingehen würde. Normalerweise

hätte er Recht behalten, und Valerie hätte sie mit ihrer Art, die Tatsachen zu verdrehen, die Wände hochgehen lassen.
Aber heute war kein normaler Tag. Nichts war mehr normal. Lasse und sie waren zusammen.
Dieses wundervolle Gefühl, endlich ihren Verstand ausgeschaltet und einzig und allein auf das Rauschen ihres Herzens gehört zu haben, konnte Valerie nicht zerstören.
Schließlich hatte sie, Matilda, sich vollkommen korrekt verhalten. Dass ihr Cousin mal wieder den Knall nicht gehört und ihre eindeutigen Zeichen falsch gedeutet hatte – was konnte sie dafür? Wer Mist gebaut hatte, war ihre Seehoheit höchstpersönlich: Valerie hatte offensichtlich am helllichten Tage davon geträumt, selbst draußen bei den Profis übers Wasser zu brettern, statt auch darauf zu achten, was bei den Anfängern abging.
Matilda schnitt sich in aller Seelenruhe ein Stück Fisch ab und antwortete: „Erstens ist gar nichts passiert. Lasse geht es bestens, davon habe ich mich selbst überzeugt."
Gar nicht so einfach, das Grinsen zu unterdrücken. O ja, und wie sie sich davon überzeugt hatte, dass es ihm gut ging!
Besser in sachlichem Ton fortfahren, bevor jemand wissen wollte, warum sie mit der Sonne um die Wette strahlte, während das Seepferd zum Angriff blies. „Es war nur ein Krampf, und er hat keine Anzeichen eines Schocks gezeigt."

Nun musste sie doch grinsen, als sie das zufriedene Gesicht und das leichte Nicken ihres Vaters sah. Auch Onkel Sven schien beruhigt zu sein.
„Sehr gut, Matilda“, sagte er.
Valeries Augen wurden groß. Kaum zu glauben, dass sich ihr Vater auf Matildas Seite schlug! Sie starrte ihn mit offenem Mund an, ihre langen Zähne traten noch deutlicher hervor als sonst.
Mund zu, es zieht!
„Zweitens haben Jan und ich das längst geklärt“, sagte Matilda. „Es war ein blödes Missverständnis, das keiner vorhersehen konnte. Das nächste Mal weiß jeder, was gemeint ist, wenn wir uns die entsprechenden Zeichen geben.“
„Das nächste Mal?!“ Valeries Stimme war schrill wie das Kreischen einer Möwe, der eine andere den Fisch vor dem Schnabel weggeschnappt hatte.
Ihre Cousine gab nicht auf, obwohl sie auf verlorenem Posten stand: Jan hatte Stöpsel in den Ohren, die Kabel liefen über seine Brust. In einem Rhythmus, den nur er hören konnte, schob er den Kopf vor und zurück, während er gleichzeitig den Backfisch auf seinem Teller bearbeitete.
Tante Maike löffelte das Dessert vor dem Hauptgang. Es gab rote Grütze. Auch beim Essen scherte sie sich nicht darum, was andere von ihr dachten. Nach der Mahlzeit würde sie sich,

wie an jedem Tag, wenn alle aufgestanden waren und wieder emsig ihren Pflichten nachgingen, einen Friesentee aufbrühen und diesen gemütlich, ganz allein am Tisch sitzend, aus einer Henkeltasse schlürfen. Dabei blätterte sie stets in aller Seelenruhe durch den Insel-Anzeiger. Ihre *blaue Stunde* nannte Tante Maike das.

Auch Emmy hörte nur mit halbem Ohr zu und sah auffallend oft nach rechts auf die Bank. Wetten, dass sie dort heimlich ein besonders spannendes E-Book auf ihrem Reader las?

Das Rascheln der Seiten beim Umblättern eines echten Buchs hätte sie verraten. Onkel Sven und Tante Hille konnten das bei Tisch nicht leiden, besonders streng waren sie ihrer Jüngsten gegenüber da aber nicht. Insgeheim waren sie stolz auf Emmy – immerhin bekam die von vielen Verlagen schon kostenlose Leseexemplare zugeschickt und wurde gebeten, sie auf ihrem Video-Blog zu besprechen.

Auf Jans Musikgeschmack waren sie vermutlich weniger stolz. Aber sie hatten es aufgegeben, ihm zu verbieten, am Tisch die Stöpsel in den Ohren zu haben. Er tat es ja doch immer wieder, wenn ihm danach war, und mit Stubenarrest und Deckschrubben brauchten sie einem Siebzehnjährigen nicht mehr zu kommen.

Valerie schien immer noch nicht zu verstehen, dass der Vorfall niemanden mehr hinterm Ofen hervorholte: „Das nächste

Mal?", wiederholte sie keifend. „Wird es jetzt zur Gewohnheit, dass wir die Teilnehmer lustig hin und her schicken?"
Onkel Sven hob die Hand, woraufhin sie sofort verstummte. „Nein, das sollte sicher nicht die Regel sein, Valerie. Wenn es aber so offensichtlich ist wie bei diesem Jungen, dass er falsch ist, muss man schnell reagieren. Es bringt keinem etwas, wenn er sich langweilt. Er soll mit Freude dabei sein und schnell Fortschritte machen können. Schließlich soll er sich nächstes Jahr nach Möglichkeit wieder anmelden."
Autsch. Da hatte Onkel Sven den einzig wunden Punkt getroffen. Würde Lasse im nächsten Jahr wiederkommen?
Vor nicht einmal einer Woche auf der Willkommensparty hatte er gesagt, dass dies der letzte Urlaub sein würde, den er mit seinen Eltern auf der Insel verbrachte.
Aber Meinungen änderten sich auch mal, oder?
„Matilda?" Ihr Vater sah sie an. Er machte eine Handbewegung in Richtung Jan und drehte mit dem Zeigefinger vor dem Ohr. Das verstand Jan sofort. Er zog am Kabel und grinste, als Matildas Vater nickte. „Könnt ihr, du und Matilda, klare Handzeichen entwickeln, für den Fall, dass wieder einmal ein Teilnehmer woandershin geschickt werden muss? Bei der nächsten Besprechung könnt ihr sie uns allen dann vorstellen." Er holte Luft. „Es ist nichts passiert. Aber es hätte böse ausgehen können. Beim Surfen ist immer ein Restrisiko dabei.

Unsere Aufgabe ist es, dieses Risiko so gering wie möglich zu halten. Dazu muss die Kommunikation unter euch, unter uns, einwandfrei funktionieren.“

Matilda nickte. Jan reckte den Daumen, schob sich ein Stück Backfisch von der Größe eines Findlings in den Mund und verstöpselte sich wieder. Sein Kopf fiel sofort in das rhythmische Zucken. Emmy hatte den Blick schon wieder auf die Bank gerichtet. Ob ihr Liebesroman so spannend war wie das, was Matilda im echten Leben mitmachte?

Ihr Herz legte immer noch einen Takt zu, sobald sie an Lasse dachte. Beim nächsten Treffen auf dem Dachboden des Schuppens konnte sie es den anderen erzählen. Josy und Merit mussten auch Bescheid wissen. Wofür hatten sie die Summer Girls gegründet, wenn nicht dafür, solch wunderbare Momente miteinander zu teilen?

Sie stieß Emmy unter dem Tisch mit dem Fuß an. Emmy fuhr hoch. Sie nickte so kräftig, dass man meinen konnte, eine Buchhandlung habe ihr gerade angeboten, eine Nacht im Laden eingeschlossen zu werden und sich nach Herzenslust bedienen zu können.

„Genau“, sagte sie. „Finde ich auch. Und … äh …“ Sie sah hilflos zu Matilda und zuckte die Schultern.

Die Arme hatte so gar nicht auf dem Schirm, was Thema war!

„Hast du nachher schon was vor?", erlöste Matilda sie. „Ich wollte auch nachfragen, ob Josy und Merit später Zeit haben."

Emmy verzog den Mund, aber dann hellte sich ihr Gesicht auf. „Daniel kommt vorbei. Wenn er mitdarf, kein Problem."

Matilda grinste. Emmy checkte schneller, was Sache war, als ein Speedboat den Motor anwerfen konnte. Tja, cleverer Schachzug von ihr. Und eine gute Frage. Durfte Daniel mit zu den Summer Girls?

Vor ihren Mädels hatte Matilda keine Geheimnisse. Zumindest nicht viele. Von ihrer Glücksdüne und dem Armband wusste keine. Aber sonst? Von Lasse und ihr *musste* sie ihnen berichten, sonst platzte sie.

Machte es ihr nichts aus, wenn Daniel davon erfuhr? Doch. Das hier ging erst einmal nur die Summer Girls etwas an!

Matilda legte den Kopf schräg. „Auch auf die Gefahr hin, dass du sauer bist, Emmy. Aber kannst du Daniel vertrösten? Ich will euch etwas echt Wichtiges …"

Valerie knallte die Gabel mit einem Scheppern auf den Tisch. Alle Köpfe ruckten zu ihr.

Auweia, das Seepferd sah echt nicht ein, wann es verloren hatte!

Valeries Blick war fest auf Matilda gerichtet, während sie Luft holte, um zu einem letzten Verzweiflungsangriff anzusetzen.

„Jaja, entwickelt nur ein paar Handzeichen. Und dann ist alles in Butter, oder wie?! Ich hoffe es. Aber es ändert nichts daran, dass Matilda sich heute voll danebenbenommen hat. *Ich* würde nie jemanden aus meinem Kurs einfach so wegschicken. Wenn überhaupt, dann muss er begleitet werden."

Emmy, endlich nicht mehr an ihrem Buch gefesselt, schüttelte den Kopf. „Sorry, Valli, aber das ist Unsinn. Dann wären die Minis nämlich komplett ohne Aufsicht gewesen. Auch nicht gerade ideal, oder?"

Valerie schnaubte – und änderte schlagartig die Taktik. „War dieser Lasse denn wirklich so gut?" Sie zuckte als Antwort auf ihre Frage selbst mit den Schultern. „Meiner bescheidenen Einschätzung nach hat Matilda ihn total überschätzt. Er hat noch nicht das Zeug dazu, richtig zu surfen. Oder gab es einen anderen Grund dafür, dass du ihn loswerden wolltest?"

Matilda hob die Nase. Sie war in den letzten Minuten extrem ruhig geblieben, hatte sich zurückgehalten – genau wie ihr Vater ihr immer riet. Aber wenn das alles nichts half, war es vielleicht an der Zeit, Valerie ihre Grenzen zu zeigen?

Bevor Matilda Valerie Kontra geben konnte, schaltete ihr Vater sich ein: „Meiner Meinung nach hat Matilda sich in diesem Fall absolut professionell verhalten. Man kann nicht alles planen oder vorhersehen, sondern muss sich manchmal auf eine neue Situation einlassen. Für mich ist es damit erledigt. Oder

müssen wir uns darüber unterhalten, wer in der Station nicht zu hundert Prozent auf seinem Posten war?"
Matilda schluckte. So offensichtlich hatte ihr Vater Valerie noch nie zurechtgewiesen, und das auch noch in Anwesenheit von Onkel Sven, der zwischen Matildas Vater und seiner Tochter hin- und herschaute.
Valerie sah ihn mit weit geöffnetem Mund und vor Empörung funkelnden Augen an, wohl in der Hoffnung, dass er ihr beiseitesprang. Er aber nickte nur: „Matilda hat alles richtig gemacht. Wir richten jetzt den Blick nach vorn." Er schaute quer über den Tisch, schob seinen Teller beiseite und nahm sich eine der Glasschüsseln für den Nachtisch. „Jetzt will ich nichts mehr darüber hören."
Der letzte Satz ging eindeutig an Valerie. Eine Warnung, es nicht zu weit zu treiben. Yay – das hatte gesessen!
Daran hatte das Seepferd einige Zeit zu knabbern. Genial.
Dieser Tag wurde von Sekunde zu Sekunde besser.
Ihr Vater hatte sie *absolut professionell* genannt! Auch das hatte er noch nie so deutlich gesagt.
Das konnte nur bedeuten, dass es nicht mehr lange dauern würde, bis er sie als Trainerin für voll nahm und sie die Fortgeschrittenen betreuen ließ, oder?
In den nächsten Tagen musste sie den richtigen Moment erwischen, um ihn darauf anzusprechen.

Die erste Ferienwoche war bald um, die zweite Willkommensparty auf dem Bossenhof stand an, neue Gäste trudelten auf der Insel ein, hoffentlich auch neue Anmeldungen für das *Sunny Beach*. Wenn dann Not am Mann war, hatte sie gute Chancen, einen Kurs für die Großen zu übernehmen.

Sie würde ihn an seine Worte erinnern und dabei so selbstbewusst auftreten, wie sie es bei Lasse in seinem Elternhaus erlebt hatte. Nicht gleich maulig werden, nicht mit den Tränen kämpfen, nicht mit dem Fuß aufstampfen – Sachargumente sammeln und herausarbeiten, welchen Vorteil es für die Surfschule brachte, wenn auch sie die Älteren trainierte. Genau so würde sie es angehen.

Was für ein großartiger Tag!

Der konnte nur noch mit einem Treffen der Summer Girls gekrönt werden. Daumen drücken, dass die Mädels Zeit hatten!

Auf in einen Supersommer!

„Wie genial, dass ihr alle kommen konntet!“

Hellgoldenes Licht fiel durch das Bullauge auf dem Dachboden der Surfstation. Matilda hatte es bei ihrem Eintreffen vor einer halben Stunde geöffnet, um frische Seeluft hereinzulassen. Nun drangen leise Stimmen und das Lachen der älteren Teilnehmer der Nachmittagskurse herauf, die den Abend auf der Veranda ausklingen ließen. Hin und wieder plingten Flaschen, wenn die Surfer sich zuprosteten. Auch für sich und ihre Girls hatte Matilda Getränke organisiert.

Merit und Josy hatten es sich auf der linken Matratze bequem gemacht – mit einem halben Meter Abstand dazwischen. Ob Merit noch um Vincent trauerte? Sie wirkte irgendwie blass, und ihre rot geränderten Lider sahen aus, als hätte sie geweint. Ob sie sich mit Josy ausgesprochen hatte?

Josy textete auf dem Handy, ihr gegenüber saß Emmy und beobachtete Matilda gespannt. Sie war neugierig, warum Matilda die Gruppe zusammengerufen hatte. Die ganze Zeit war sie ihr hinterhergelaufen, um vorab etwas aus ihr herauszukitzeln, aber keine Chance: Matilda hatte geschwiegen wie ein Grab, obwohl sie bald geplatzt war vor Mitteilungsdrang. Nein, Emmy sollte genau wie die anderen Summer Girls die große Neuigkeit erst jetzt erfahren.

Sie nickte Emmy zu, damit diese ein Stück zur Seite rutschte und Matilda sich auf das weiche Polster fallenlassen konnte. Staub stieg auf, tanzte in einem wilden Muster bis zu den alten Deckenbalken und sank sternschnuppenglitzernd im Licht der Abendsonne wieder herab.

Nun sahen alle Matilda erwartungsvoll an. Sie konnte ihre eigene Aufregung kaum verbergen. Die Hände zitterten, die Knie waren weich wie ein Eimer voll Watt. Zum Glück saß sie.

„Hach, ist das nicht ein Supersommer?“

Josy schob ihr Handy in die Hosentasche. „Und um uns das zu sagen, hast du uns hergebeten? Das habe ich schon vor einer Woche gewusst, dass das *unser* Sommer wird. Bisschen holpriger Start vielleicht …“ Ihr Blick ging zu Merit.

Oh, da schien tatsächlich noch nicht alles geklärt zu sein!

Merits Nasenflügel zuckten kurz. Dann hatte sie sich unter Kontrolle, nickte Josy zu und tätschelte ihr das Knie, jedoch nur eine Sekunde lang, bevor sie ihre Hände wieder gefaltet in ihren Schoß legte. Das sah nicht nach himmelstürmender

Begeisterung unter Freundinnen aus. Vermutlich mussten sie sich nicht nur auf Spaß, neue Leute und Herzklopfen einstellen, sondern auch darauf, dass sie alle unterschiedliche Arten hatten, mit der Liebe umzugehen.

Die eine nahm alles ganz easy, die andere lief mit Leidensmiene herum. Die eine träumte vom Märchenprinzen, die andere hatte Angst vor dem Verlassenwerden.

„Aber es sind immer noch fünf sensationelle Wochen vor uns!", jubelte Josy.

Klar, Josy überspielte einfach, dass Merit mit sich und ihrer Schwärmerei für Vincent zu kämpfen hatte. Sie ging davon aus, dass Merit die Sache schnell abhaken würde. Ein Irrtum, der die Summer Girls vielleicht noch auf eine harte Probe stellen würde.

Josy grinste in die Runde: „Und diese Wochen genießen wir, oder, Girls?"

„Aber so was von!", rief Emmy. Matilda lächelte, Merit nickte nur.

„Morgen wieder Party? Die Sportschule vom Dorf veranstaltet ein Beachvolleyball-Turnier. Danach wird abgefeiert. Ich glaube, sie haben sogar eine Liveband organisiert."

Merits Stimme klang leise, aber Matilda erkannte, dass sie gegen die Traurigkeit aufbegehrte. Immerhin ein Anfang. Sie langte zu ihr und nahm Merits Hand in ihre.

„Klar, das machen wir! Dann zeigen wir den Vincents am Strand mal, wer hier auf wen angewiesen ist. Wir suchen den coolsten Typen für dich aus, mit dem du ihn eifersüchtig machen kannst. Und dann soll er mal sehen, was er verpasst!"
Endlich begann Merits Gesicht wieder zu leuchten.
„Das ist lieb von dir, Matilda", flüsterte sie. „Danke."
„Du bist auch lieb, Süße." Matilda erhob sich und küsste Merit auf die Wange. Dann ließ sie sich mit ausgebreiteten Armen zurückfallen und rief: „Ich hab euch alle lieb!"
Die anderen Mädels warfen sich zur großen Knuddelattacke auf sie.
Ja, es war wichtig, dass Merit den Blick nach vorn richtete. Kein Sumpf an düsteren Gedanken, keine verheulten Taschentücher und Selbstzweifel im Stil von *Mich-will-sowieso-keiner*. Und dass sie wusste, dass sie sich auf die Summer Girls verlassen konnte, auch wenn sie alle anders tickten.
„Hey, treffen wir uns vor der Party hier, um uns zu stylen?" Josy richtete sich auf. Merit jubelte, Emmy rollte mit den Augen – für sie sollten die Summer Girls ja mehr sein als eine Schminktruppe. Matilda dagegen wurde immer wibbeliger. Klar würde sie sich ein bisschen schminken, aber sie würde auch ungeschminkt das glücklichste Mädchen am Strand sein!
Zeit, die Bombe platzen zu lassen: „Ist es okay, wenn ich morgen zur Party jemanden mitbringe?"

Schweigen senkte sich über die Gruppe. Ein paar Herzschläge lang war es mäuschenstill auf dem Dachboden.
Merit runzelte die Stirn, Josy kniff ein Auge zusammen, beide darüber grübelnd, was diese Frage wohl bedeuten sollte. Emmys Ketten klirrten leise, als sie sich vorbeugte. Sie forschte in Matildas Miene.
„Ich dachte mir heute Mittag beim Essen schon, dass irgendwas an dir anders ist." Ihre schwarz umrandeten Augen kamen immer näher.
„Heißt das …?" Josy hatte ihre Sprache wiedergefunden.
„Bist du etwa …?" Auch Merit ging ein Licht auf.
„Ja, das heißt es, und ja, ich bin! Lasse und ich sind zusammen!" Es klang wie ein Jubelschrei, und keine zwei Sekunden später stürzten die Mädels wieder aufeinander zu, um sich abzuküssen. Matilda bekam einen Lachflash. Himmel, tat das gut, die Freude mit ihren Freundinnen zu teilen!
Als sie sich wieder beruhigt hatten, grinste Emmy sie breit an.
Matilda nickte: „Ja, schon klar. Du hast es von Anfang an gewusst."
„So sieht das mal aus." Emmy klopfte sich auf die Schulter.
Dann ließ sie sich zurücksinken.
„Aber du hast doch immer gesagt, dass so was nicht funktioniert", merkte Merit an.

Tja, das stimmte. Und wie es mit Lasse und ihr weitergehen würde, wenn Lasse die Insel wieder verließ – kein Plan.

„Genau daran", sagte Matilda, „will ich noch nicht denken. Ehrlich jetzt, Lasse ist so … Ich weiß auch nicht. Wenn ich mit ihm zusammen bin, ist alles perfekt. Ich will das jetzt einfach genießen. Ich habe echt lange gebraucht, um das zu checken. Was kommt, darüber reden wir, wenn es so weit ist."

Josy schnalzte mit der Zunge. „Meine Rede."

Stimmt – wenn auch nicht zu hundert Prozent. Josy war es darum gegangen, dass Matilda Spaß hatte, das Leben auskostete. Keine grundsätzlich falsche Einstellung, aber nichts für Matilda. Sie brauchte jemanden wie Lasse, jemanden, bei dem sie sich sicher fühlte, mit dem sie etwas Magisches zu verbinden schien, um dieses große Abenteuer Liebe anzugehen.

„Und deshalb", sagte sie, „will ich möglichst jede freie Minute mit ihm verbringen. Aber ich will auch mit euch zusammen sein. He, schließlich sind wir die Summer Girls, oder?"

„Aber so was von!", rief Josy.

Auch Merit schien sich ehrlich für Matilda zu freuen, so dass sie ihren Kummer für diesen Moment vergessen hatte. Ihr Gesicht strahlte, als sie eifrig nickte. „Yes!", stimmte sie mit ein.

Die vier sahen sich an und jubelten gemeinsam: „Summer Girls!" Lachend ließen sie sich zurückfallen.

„Und was habt ihr sonst noch vor die nächsten Tage? Du und Lasse?“, fragte Merit.
Matilda lehnte sich zurück. „Ach, tausend Dinge! Hauptsache, wir sind zusammen. Ein Fahrradausflug mit Picknick in den Dünen? Vielleicht zeigt Lasse mir die Insel auch mal von oben mit dem Flieger von seinem Paps?“
„Über den Wolken schwebst du jetzt schon.“ Emmy kicherte. „Zwischen euch ist das etwas Besonderes, so was sehe ich gleich! Das ist Romantik pur, wie bei *Romeo und Julia* oder …“
„Würmchen!“ Nein, keine literarischen Vorbilder, bitte! So weit waren Matilda und Lasse noch lange nicht. Aber ja – Lasse und sie, das war etwas Besonderes, Außergewöhnliches, definitiv! Sie fühlte sich schon jetzt seltsam allein und unvollständig ohne ihn. Eine Insel ohne Meer.
Sie konnte es kaum erwarten, ihn wiederzusehen.
Aber auch ein anderes Gefühl mischte sich in ihre Freude: Jetzt, da sie selbst so unendlich glücklich war, wünschte sie den anderen Summer Girls nichts mehr, als auch dieses Glück zu erfahren. Jede sollte das auf ihre Art erleben können.
Ein Supersommer lag vor ihnen. Und er hatte gerade erst begonnen.

Leseprobe

Du möchtest wissen, wie es weitergeht? Lies rein in Band 2: Emmy und die perfekte Welle.

„Ihr glaubt nicht, wie der Abend gestern noch ausgegangen ist“, sagte Josy.
„Wenn ich raten darf“, sagte Emmy, „dann hat es etwas mit diesem englischen Fußballer zu tun. Wie hieß der noch gleich?“
„Vincent. – Vergiss Vincent“, fuhr Josy mit einer wegwerfenden Handbewegung fort.
Josy beugte sich zu Emmy herüber. „Du warst ja den ganzen Abend mit Daniel beschäftigt.“
Wie das schon wieder klang! Emmy verdrehte die Augen.
Natürlich war Daniel auf der Party gewesen. Er war immer da-

bei. Nur bei den Treffen der *Summer Girls* nicht. Abgesehen von ihrer Familie und ihrer Cousine gab es niemanden, den Emmy länger kannte als ihn.

„Ich habe es genau gesehen", sagte Josy geheimnisvoll. Ihre Augen funkelten.

Emmy zuckte mit den Schultern. „Was hast du gesehen?"

„Ihr habt Händchen gehalten."

Emmy erstarrte in der Bewegung. Dafür spürte sie, wie Matilda neben ihr nach vorn ruckte.

„Endlich!", jubelte ihre Cousine. „Hab ich es doch gewusst. Jetzt erzähl schon, Emmy! Was ist passiert?"

War sie im falschen Film? Was sollte das denn? Mit Daniel hatte sie schon im Kindergarten gespielt. Von Anfang an hatten sie wie die Kletten aneinandergehangen. In Daniels Garten hatten sie als Piraten das Baumhaus erobert, auf dem Bossenhof waren sie als Detektive in der Scheune auf Spurensuche gegangen. Später erkundeten sie auf ihren Fahrrädern die Insel, und im Winter zogen sie sich in Emmys Zimmer zurück, Emmy mit ihren Büchern, Daniel mit seinem Tablet.

Das Inselleben war für Emmy ohne Daniel nicht vorstellbar. Er war ihr so wichtig wie ihre Familie, wie der Bossenhof und ja, auch wie die *Summer Girls*. Klar, die Treffen mit Josy, Merit und Matilda liebte Emmy, aber die Stunden mit Daniel waren ihr heilig.

Manchmal fragte sie sich, ob sie und Daniel in einem früheren Leben vielleicht Zwillinge waren.
Und genau das war der Punkt. Daniel war wie ein Bruder für sie.
Nie und nimmer könnte sie etwas mit ihm anfangen. Allein der Gedanke fühlte sich schon falsch an. Es gab also nichts zu berichten. Josy sollte vielleicht mal einen Termin beim Augenarzt machen.
„Ich weiß nicht, wen du Händchen halten gesehen hast, Josy. Aber Daniel und ich waren das sicher nicht. Er und ich, wir sind gute Kumpel. Da läuft nichts."
„Warum eigentlich nicht?", meldete sich Merit zu Wort. „Ihr würdet echt gut zueinander passen. Und er sieht doch nicht übel aus."
Ob Daniel attraktiv war oder nicht, darüber hatte sich Emmy noch nie Gedanken gemacht. Wozu auch? Mit Liebe hatte das, was sie mit ihm verband, nichts zu tun.
Man verliebte sich nicht in den Jungen, der einem früher Pflaster auf das aufgeschürfte Knie geklebt hatte und dem es heute völlig egal war, ob man gerade einen Pickel im Gesicht oder fettige Haare hatte.
Liebe war anders. Liebe war ein Blitz aus heiterem Himmel. Schmetterlinge im Bauch. Herzrasen und Schweben auf rosa Wolken. Liebe kam plötzlich und zündete ein Feuerwerk, bei

dem man alles um sich herum vergaß. Liebe war ein süßer Nebel, in dem man träumend versank. *Das* würde sie sofort spüren, wenn es in ihr Leben trat!

Wer wusste schon, ob mit dem nächsten Schwung Gäste nicht Mr. Right auf die Insel gespült wurde? Dann machte es *peng!*, und die anderen würden es brühwarm erfahren.

Seufzend stand sie auf. Für sie war die Sache damit erledigt. Sie ging zum Bullauge und warf einen Blick hinaus.

Von der Sonne lugte nur noch ein Stückchen am Horizont aus dem Meer hervor, der Strand lag da wie unberührt. Die Beleuchtung unten in der Surfstation war erloschen, kein Geräusch außer dem ewigen Rollen des Meers war im Dachboden zu hören.

Und dem Tuscheln von Josy, Merit und Matilda. Hatten die denn immer noch nicht genug? Zeit, sie auf andere Gedanken zu bringen!

„Mädels", rief sie betont munter. Josy hatte geflunkert, um sie zu necken, okay. Kein Grund, den anderen zu zeigen, wie sehr ihr das auf die Nerven gegangen war. Ablenkung war angesagt. „Wer hat Lust auf Baden?"

Merit schüttelte den Kopf. „Ich hab keine Badesachen dabei."

Matilda dagegen schürzte die Lippen. Emmys Cousine war eine richtige Wasserratte. Sie ließ keine Gelegenheit aus, mit dem Board unter den Füßen über die Wellen zu schießen. Schwimmen konnte sie genauso gut. Sie war die geborene Wassersportlerin. Wahrscheinlich wuchsen ihr zwischen den Zehen bereits Schwimmhäute.

„Wir könnten die Neoprenanzüge anziehen", schlug sie vor.

Diesmal war es Josy, die das Gesicht verzog. „Nee, die Dinger sind bestimmt noch feucht und kalt. Da kriegen mich keine zehn Pferde rein."

Emmy spielte mit den Gliedern ihrer Kette. Grinsend sah sie die anderen an. „Wo liegt das Problem?"

Matildas Gesicht leuchtete auf. „Du meinst, wir sollen …? Cool!"

Merit schaute zweifelnd. „Aber wenn jemand vorbeikommt?"

Emmy deutete mit dem Daumen auf das Bullauge hinter sich. „Da ist niemand. Und selbst wenn, es ist nun so dunkel, dass man vom Strand aus keine drei Meter weit sehen kann."

Josy sprang auf. „Worauf warten wir noch?!"

Sie löschten die Lichter und stiegen im Schein ihrer Taschenlampen die Stufen an der Rückseite des Schuppens hinunter. Dabei kicherten und flüsterten sie wie auf geheimer Mission. Das Holz knarrte, der Abendwind strich raschelnd durch das Dünengras, die Fahnen des *Sunny Beach* flatterten in der Brise. Die Luft war erfüllt vom Geruch des Meeres.

Oberhalb der Düne erhellten Laternen die Promenade, hier unten aber tauchten nur vereinzelte Sterne und die Mondsichel die Welt in ein silbriges Grau. Emmy spähte um die Ecke herum nach vorn. Kein Nachtwanderer in Sicht. Gut.
Der Plan stand, aber keine wagte den ersten Schritt.
Es war Emmys Idee gewesen, jetzt musste sie schnell handeln, bevor sie es sich anders überlegte. Augen zu und durch. Sie legte die Kette in den Sand, zog sich Shirt und Bustier über den Kopf und schlüpfte aus Schuhen, Hose und Slip.
Ihr Herz klopfte wie wild. Natürlich war sie früher schon nackt baden gewesen. Auf der Insel waren nackte Leute am Strand keine Seltenheit. Aber damals war sie noch ein Kind gewesen. Heute war es anders.
Es fühlte sich an wie etwas Besonderes, Aufregendes. Es fühlte sich an wie dieser Sommer – bekannt und doch neu und voller Abenteuer.
Emmy rannte los, während Matilda, Merit und Josy sich noch aus den Jeans schälten. „Auf geht's, Summer Girls!", rief sie über die Schulter, während sie den breiten Strand überquerte und über Muscheln und kleine Steinchen sprang. Der Abendwind war mild und trug noch die Wärme des Sommertages mit sich. Aufgewirbelte Sandkörner prickelten auf ihrer Haut, die Haare flogen um ihr Gesicht. Das Wasser spritzte auf, als die erste Welle sie begrüßte. Ihre Füße sanken in den feuchten

Sand. Emmy lief noch drei Schritte weiter, bevor sie Luft holte und sich nach vorn stürzte. Nach dem Kälteschock umfing das Wasser sie weich. Sie kam an die Oberfläche, strich sich die Haare aus der Stirn und hörte das Lachen ihrer Freundinnen, die ihr folgten. Das Mondlicht ließ die sommerbraune Haut schimmern. Emmy warf sich rücklings in die nächste Welle und hielt den Blick in den Sternenhimmel gerichtet.

„He!“ Lachend spritzte sie mit der flachen Hand einen Schwall Wasser auf Matilda, die wie eine Nixe neben ihr aufgetaucht war und sie erschreckt hatte. Josy und Merit staksten immer noch kreischend und prustend auf die beiden zu.

„Alle auf Emmy!“, rief Josy. Matilda und Merit fielen sofort ein, und schon stand Emmy inmitten brodelnder, salziger Gischt, lachte, schluckte Wasser und planschte wie die anderen *Summer Girls.*

Tja, hatte sie es nicht gewusst? Es gab viel mehr Aufregendes auf ihrer Sommersonneninsel als nur Jungs.

LAUF EINFACH LOS!

Katie Clapham
FREUNDSCHAFT KOMMT AUF LEICHTEN FÜSSEN
Softcover
288 Seiten
ISBN 978-3-551-58431-1
Auch als E-Book erhältlich

MINNIE, LENA UND ALICE gehen auf dieselbe Schule, aber Freundinnen sind sie noch lange nicht: Minnies ganzes Leben dreht sich um Sport. Vor allem im Netball ist sie unschlagbar. Als sie sich die Schulter bricht, droht ihr Zukunftstraum zu zerplatzen … Lena ist Läuferin im Schulteam. Doch an Minnie kommt sie einfach nicht vorbei. Ob sie jetzt endlich zeigen kann, was wirklich in ihr steckt? Alice beschließt nach einem gruseligen Tag, dass sich was ändern muss. Sie wird laufen gehen! Aber Sport ist Neuland für sie, darum will sie erst mal heimlich üben … Eher zufällig bringt das Laufen die drei Mädchen zusammen. Und obwohl sie so verschieden sind, entsteht zwischen ihnen eine besondere Freundschaft. Gemeinsam finden sie heraus, was wirklich wichtig ist im Leben. Eine turbulente, witzige und doch tiefgründige Freundschaftsgeschichte, erzählt aus drei Perspektiven.

WWW.CARLSEN.DE

CARLSEN